南乡子

晴日进莎场，

槎径香飘月季篱。

满树樱桃鹦鹉翠，

莺迁，

唼呷烟波一味嘻。

脚踩野苔泥，

猫阮阿妈伴奉旗。

览足玉笄编蜀锦，

涧鸡，

孙土焱

诗词散曲集

孙土焱 著

知识产权出版社

全国百佳图书出版单位

图书在版编目(CIP)数据

孙土焱诗词散曲集 / 孙土焱著. —北京：知识产权出版社，2016.6
ISBN 978-7-5130-2834-9

Ⅰ.①孙… Ⅱ.①孙… Ⅲ.①诗词–作品集–中国–当代
②散曲–作品集–中国–当代 Ⅳ.①I227

中国版本图书馆CIP数据核字(2014)第173210号

内容提要

作者酷爱祖国古典诗词散曲，潜心研究学习大诗人李白、杜甫的诗作精髓，深知学其上者得其中，学其中者得其下的道理。并兼顾学习历代诗词散曲大家作品和关于诗词创作的评论文章。尤其退休后，作者还利用电脑网络，学习现代名家及诗友的诗作，吸取别人长处，弥补自己的短处。在和疾病斗争中，仍不断习作，展示、修改自己的诗歌，以此为乐。

责任编辑： 田　姝　徐家春

孙土焱诗词散曲集

孙土焱　著

出版发行：**知识产权出版社** 有限责任公司	网址：http://www.ipph.cn
电话：010-82004826	http://www.laichushu.com
社址：北京市海淀区西外太平庄55号	邮编：100081
责编电话：010-82000860转8594	责编邮箱：tianshu@cnipr.com
发行电话：010-82000860转8101/8029	发行传真：010-82000893/82003279
印刷：北京中献拓方科技发展有限公司	经销：各大网上书店、新华书店及相关专业书店
开本：720mm×1000mm　1/16	印张：15
版次：2016年6月第1版	印次：2016年6月第1次印刷
字数：150千字	定价：48.00元

ISBN 978-7-5130-2834-9

开卷五绝诗

水漾楼亭月，柳丝花影筛。

赋诗金谷❶梦，仙女踏歌来。

---

❶ 金谷，史上著名的文人聚会。《晋书·刘琨传》记载，刘琨、陆机、陆云兄弟、欧阳建以及石崇等二十四人，经常聚集在石崇的别墅洛阳金谷园中，谈论文学，吟诗作赋，时人称之为"金谷二十四友"。其余十九人分别是：潘岳、左思、郭彰、杜斌、王萃、邹捷、崔基、刘瑰、周恢、陈眕、刘讷、缪征、挚虞、诸葛诠、和郁、牵秀、刘猛、刘舆、杜育等。

自　序

世事纷纭，人生苦短。照照镜子，翁已垂垂老矣。然活在世上，总想给后人留点什么，恐怕这是舞文弄墨者的终生夙愿。现下古体诗歌，作者多似繁星密布，作品浩如烟海。可是，欣喜之余，却难以鼓掌称善。

可谓文贝一滩难觅嚼泪珍珠；秀芸满坡尚缺玄圃积玉。我沉湎诗词经年，颇知其中甘苦。自愧不能辉映翰墨，流芳史册。但中华瑰宝的魅力，深深为之倾倒。犹如旷世佳丽，摄人心魄；绝色牡丹，赏慰终生。

其赓续历史画卷，展现历代风貌，让人痴醉神迷之际，得到最大感知。所以国强民富，莫忘祖宗珍藏。驰骋疆场，搏击风云，更铸英雄胆略。陶冶性情、潜移默化功夫岂能小觑。我疾病缠身，笔耕不辍，然烛光不远，岂敢觊觎华翰圣殿哉！翁工农出身，初中文化，诚草根作者。腼颜向师尊同道汇报学习心得，用意是抛砖引玉。浅陋之识莫非贻笑大方。初学者须练金刚法眼，读诗尤为重要。

一曰风骨，胖瘦得体，骨肉相当。二曰含蓄，诗贵含蓄，忌浅白直露。三曰典雅敦厚。四曰灵动。五曰意境，使意境最大化。六曰风格，诗圣诗沉郁顿挫，诗仙诗俊逸飘洒。七曰情趣。八曰佳句，诗有佳句，如彪虎

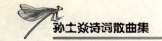
添翼。九曰创新，不参死句病句。十曰语言，一代人有一代人语言。

我就这样判断古今诗歌的好坏、美媸。写诗也努力往这个方向靠拢。好诗如朗月之悬光，叠意回舒；若重岩之积秀，千条析理。李白杜甫足以当之。我按图索骥多年，每吟就一章，和古诗比较，或弃之纸篓，或伏案苦思，再找差距。深知我才疏学浅，非杞梓之器，可浏览中外诗界，又摩拳擦掌，不甘寂寞。就写成诗集这般模样。诚所谓丑媳妇难见公婆也。

是为序。

——诗词散曲用字均以新华字典为准。

目　录

诗

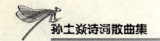

词

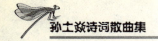

竹枝词

（一）

郎情深比长江水，侬意浓如巫峚云。

石烂海枯心不改，菟丝缠树寄终身。

（二）

潇潇梅雨涨村溪，久伫溪桥望欲迷。

田岗莫遮痴妹眼，鹧鸪休往耳边啼！

（三）

斜阳脉脉映竹坡，杨柳依依拂翠萝。

故土送郎军旅返，想妻毋忘捍山河！

（四）

羊肠山路插云天，猪草满筐歌满川。

妹是茶花哥做叶，花鲜叶茂茎根连！

（五）

梨树山屯四面坡，秀姑带露采茶歌。

筑巢鸟懒婚甬问，松岭云涛万籁和！

（六）

黄河九曲落前滩，巨浪拍天汇百川。

撒网驾船迎日笑，涛声侑酒岸畴边。

抗洪曲

（一九九八年）

党帅全国腾飞时，洪魔肆虐倾天来。

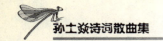
水患如山万屋摧，顷刻淹没变湖泊。

时峻势危举世急，北京坐镇到江淮。

风雨狂暴军民聚，浊浪噬空铁躯排。

骤闻江堤暗口开，夜黑洪涌筋骨衰。

抗灾累月再鏖拼，肉肩成城何壮哉。

党员汹浪砥柱挺，绿装漩涡联臂塞。

拖病指挥死方休，高烧硬抗阵地在。

几度昏厥狂涛里，苏醒又战泥水拐。

母病泪留为抗洪，结婚缓办信热揣。

终保城镇不陆沉，江堤壮歌震寰海。

冬夜望远

明月城楼照，寒流华夏狂。

妻儿安睡未？夜冷更思乡。

游颐和园
（一九六四年）

皇苑颐和园，携侣玩赏酷。

湖映帝楼阁，山汇皇銮户。

芍药拥画廊，牡丹护御路。

入室奇葩香，转径异卉簇。

雕檐镂龙凤，瓦彩炫玉柱。

蓊蓊修竹院，汩汩莲湖渡。

迷恋缱绻里，吻爱倚碧树。

氤氲风日暖，娉婷花含露。
依依杨柳春，脉脉蝴蝶顾。
金殿爱侣登，石舫游客驻。
嘉境非人间，裕华向谁诉。

游北京故宫

抚栏紫禁城，踏屐金銮殿。
飘飘跻丹陛，窈窕入御苑。
画栋玉阙回，雕牖金楼焕。
篆宸泯宫娥，鼎彝焉存宦。
嵯峨龙威去，袅娜嫔妃散。
国玺镶角在，匣明帝冠灿。
重帏皇秘何？层阁血污畔。
冤魂芜青草，枉鬼啾深院。
暴敛咤崇峻，杀戮惊明艳。
君圣民暂昌，君惛阎阖暗。
揽楠终古悲，临风玉墀叹。
日晷演韶华，深庆沧桑变！

观北京故宫贡钟展览

贡品机械钟，觇览似尝醋。
细楼匠镂巧，微廊雕栏曲。
竹柏莺啭妙，粉伎衣飘举。
偶动出敲钟，报罢回宫寓。

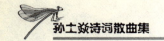

玲珑杂戏味，妙曼歌舞趣。
层出旷世宝，绮春复几许。
因想献媚者，斗巧刮乡闾。
顾自绶带加，哪管圣奢欲。
魏征嗤于鼻，包拯冷眼觑。
身置琳琅堂，达官应汗雨。
洋绅噙烟活，皇舆珍宝聚。
贵胄奢如此，焉能长昊宇！

登香山

拨枝香山腰，枫叶触卿额。
别墅宿名彦，巉岩拂青萝。
牌楼翘龙脊，秋红酡半坡。
携腕翠微顶，俯望景如何？
亭傍鬼愁涧，妹倚痴情哥。
搂抱偎香腮，眷恋坠爱河。
栾茜遮掩尽，峰壑回岚多。
饱餍斜阳暮，归途犹回眸。

登八达岭长城

（一）

城筑八达岭，气势壮鲁燕。
楼堞逶迤极，石阶高镶嵌。
摩挲城垛砖，远眺野壕堑。

潾潾林岭兀，巍巍巨墉远。

苍鹘云空旋，鸟瞰山麓店。

夐景豪赏峻，踞关颇雄健。

襟袍风吹鼓，旷神发凌乱。

忘疲逾登高，随兴临霄汉。

长城屹千古，雄姿夷国羡！

（二）

长城何嶒嵘，关隘樵路狭。

壁峭石草倒，崖陡岩松夹。

秦皇驱役造，鞭笞类殁貐。

孟姜哭夫死，雷雨城墙塌。

汉武膻胡挠，血战骨堆麻。

固城版筑崇，楼垛摩云涯。

吊览长城慨，山风似悲笳。

宋辽烽燧远，将台日暮霞。

盛世登城顶，国靖满目花。

靠墙坂野惬，历阶眺林鸦。

游十三陵之定陵

（一）

皇陵敞定陵，往顾帝葬寝。

恢宏牌楼现，绚丽阁甍隐。

石俑何伫肃，松柏翳榭檩。

山抱名陵秀，宫错胜亭锦。

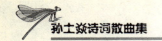

穴下惊窀穸，巍然地宫稳。

珠宝皇奢极，鼎鼐帝威甚。

绮室金碧饰，珍屋辉煌衬。

棺椁金银裹，丹陛珊瑚垒。

墓匠尽窒毙，宫女生殉殪。

森森白骨垒，磣磣骷髅瘆。

惨惨炼狱狠，恂恂游客愠。

睹状饭难咽，白昼阴风懔。

（二）

名胜十三陵，风光钟毓秀。

草木葳蕤节，楼亭日晒透。

定陵地府登，陬桢阴森肉。

豪华映客瞳，奂美颇感受。

皇冠珠宝镶，帝衣金丝绣。

庭殿缀紫翠，玉柱蟠龙兽。

巨筑膏血成，宏构尸骨凑。

龙榻冤魂缠，凤辇鬼泪厚。

为帝冥界侈，哪管民寮漏。

密密竣匠杀，昭昭天朝露。

今我抚陵墙，叹息风华旧！

游八大处

（一）

往顾招提境，慕觐佛圣地。

宝塔林峦耸，僧房花卉密。

凭栏呼翠谷，践阶睹画壁。

池鱼晃艳彩，修竹亭阁丽。

松坡攀络绎，龛院行迤逦。

云岭爽眼眸，香岚荡胸臆。

处处楼瑰伟，层层殿金碧。

企盼夫何为？求真登临意！

峦巅视尘寰，莲台悟妙谛。

膜拜烦恼抛，业障消何日？

（二）

京畿八大处，览胜日亭午。

金殿对青山，玉楼俯幽谷。

寺庙畅怀游，亭榭肆情睹。

宅阶林岚吭，梵香花路储。

圣界洗尘心，仙境忘荣辱。

欲访袈裟师，隔墙闻钟鼓。

最爱苍岩攀，天际云峰数。

我辈世外欢，更赞禅院古。

游北京动物园

雄狮非洲耶？虎豹斑斓猛。

铁栅纵威遄，爪锐虓神领。

颐养象犀矜，优渥羚麋宠。

每逛斯盛园，感慨华宇永。

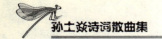

鹦鹉倩女逗，狒狖童稚哄。

孔雀开屏时，猩子偎妈醒。

百禽饫安垞，百兽唯育蘱。

尚悲峦林野，濒灭狩猎景。

瑰伟水族奇，昂盘馆蛇恐。

啖竹熊猫憨，圈山熊罴猛。

览豪柳轩歇，准拟发桂甬。

游北海公园

韶华游北海，杨柳沾湖水。

沙岸青石阶，绣楼拥芳菲。

戢足九龙壁，驼荡白塔西。

曲栏通御膳，玉桥连花堤。

潋滟碧湖波，画舫菡萏离。

柳遮佳丽笑，踽踽我凄迷。

宛转俚歌发，青春复奚疑？

伸颈木椅空，嘉柯黄鹂啼。

惆怅情窦开，无端风撩衣。

北海暮霭垂，雎鸠歌为谁？

游南京雨花台
（一九七二年）

南京凭吊雨花台，血案弥天眼前晃。

英烈授首气如虹，蒋帮杀戮呈狂妄。

尸骨化石奠热土，碧血育花蓬勃放。

草木噙泪园林悲，台基愤怒墙栏怆。
天辟地变我登临，松柏肃穆榆槐昂。
满城锦绣杨柳春，花市绮巷蒸腾旺。
忠魂应笑地有知，抚陵拭碑泪盈眶。
缅怀永铭旌旗红，捧石对野情悲壮！

游南京玄武湖公园

金陵名园玄武湖，烟波浩渺怵目青。
风荡涟漪浮鹭鸳，芦苇繁茂锦岸生。
神仙眷侣度蜜月，拥立波涛湖面亭。
春桃堆绢映粉颊，园柳拂翠叠画屏。
相偎蝴蝶芳径里，梅丛挨颈听流莺。
国昌婚假鸳凤美，春浓花香菖蒲风。
碧湖涨岸通海否，是耶热恋妻郎情？

游南京长江大桥

南京大桥跨长江，铁筋钢梁垂两岸。
滔滔江流入眼晕，蜿蜒桥身横江面。
烟笼雾锁悬半空，晴雯霞浴光璀璨。
列车隆隆车轮走，长龙重荷只抖颤。
雷炸电击经年月，飓风骤雨难摇撼。
彼岸渺茫景模糊，雄姿穿越真壮观。
巨轮船舶航桥下，桥墩嵯峨托长天。
睃眸江波卷欲倾，屏息涛花碰还散。

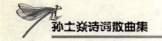

鸢隼骄傲绕钢桥，红日喷薄云初绽。
昼夜承载通南北，巨功不让都江堰！

武汉长江摆渡

江水平推势汹涌，渡轮摆渡犁沧波。
主席当年曾横渡，雄姿劈浪何巍峨！
广衾江天锁晨雾，波堆琉璃忭神目。
百万雄师过江时，弹雨火网掀涛柱。
牺牲胜利壮志酬，新宇宏图大江流。
颠簸驰骋航船远，浪大波险九州搏。
海鸥颉颃汽笛鸣，中游心惊涛如城。
江阔岸渺阛阓辨，水急泓深中盘龙。
舳舻千里日出看，雾退江花浴霞灿。
伟业胜昔满豪情，迎日凌风船舷站！

逆航长江感怀
（一九七二年）

（一）

礐礧墨云汉口东，接天波涛拥楼城。
江淼岸回船航逆，月昏风疾波峰横。
暮霭苍茫江天垂，凭舷唯觉浩瀚水。
岸灯错落流萤动，渔火明灭霾夜诡。
船底飞流涌崩逝，淘尽千古英雄去。
暴秦腐清换今朝，帧帧图画苍穹丽！

骊龙吐珠水府翻，鲛人恍露洇波间。

江鲟随趋鼋鳖舞，江轮撞碎波涛山。

旌旗猎猎水哗哗，夜风萧萧无际涯。

船舷啸傲浪千叠，雄江铭感耀中华！

（二）

睡醒盥洗餐后观，绿野云岫堆髻簪。

峻嶒江岸苔岩突，船近三峡恶浪翻。

导游遥指神女峰，朝云暮雨撑峡空。

襄王高唐千载会，谁见巫山粉黛容？

涛拍翠崖巉嶂裹，江波千叠起漩涡。

船逆而上避礁石，峡涧险峻悬铁索。

陡壁栈道如丝带，诸葛阵图今何在？

礁耸湍急卷石门，树纠藤缠映碧濑。

妻握我手身紧挨，我贴妻脸瞠目待。

船驶水急溅飞雪，浮草瞥见骅骝快！

（三）

常思刘备白帝城，临崩托孤永安宫。

君臣悲痛遗祠在，船舷遥唁雾朦胧。

屿脊城隍庙宇小，红墙松杉石阶老。

峡谷天堑扬涛声，回坡纤岸势岧峣。

瞿塘峡望滟滪堆，自古行船多少泪？

政府炸石去祸根，巫峡连航应梦寐！

鸬鹰翱翔投北林，云崖滩汀浑无垠。

轮船溯流顶浪进，溅沫激脸慑魄魂。

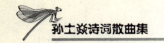

蜀帝蜀相终黄土，李杜江峡猿啼古。
菱歌渔谣讴新朝，碧浪奏弦礁石鼓。
岸舍村坞湾浒亲，峰峦秀拔披霞新。
长江蜿蜒泻流劲，仍须慎航把舵稳。

村　姑

垂辫村姑插野花，竹篱松径板楼家。
转溪偷睇他乡客，结队登山踏草沙。

进重庆

塍野嘉陵两岸芳，雄鸡啼透绿竹塘。
寻常花月春城夜，灯海星河醉蜀乡。

蜀　道

危哉巴蜀道，联山天庭抱。
栈路云端曲，嶝梯绝壁靠。
仰面千仞崖，崖复万岩套。
涧深草莽浮，峰陡雨雾罩。
竹满松溪长，花繁林麓俏。
车从雪巅来，人在霄汉笑。
稻蔬沃野肥，炊烟崇嶂绕。
厂房绿峦耸，农楼园蹊冒。
巴蜀九载居，蜀道雄华昊！

蜀　夏

建厂巴蜀腹，酷夏燠热地。

风慵鸟倦飞，铄石流金际。

屋蒸汗如雨，路烤炉火日。

基建筹砖紧，淫威焉能避？

暴晒帽遮难，体似热锅蚁。

挺脊乡路遥，过冈林峦继。

童叟街门敧，猫狗榕荫憩。

晚归蛇歇道，蚊繁头悬幂。

簟榻困极湿，夜睡汗外溢。

所喜厂楼高，祁暑似尝蜜！

平　滩

新乡万壑丛，平滩羁萍踪。

楼映铜钵河，竹满仙女峰。

翡翠涨丘峦，锦花染画屏。

犬吠乳雾里，牛鸣野霞中。

布裙女炊爨，缠头男耙耕。

土稔脸庞熟，情挚墟场融。

槛篱嚎买菜，场垆醉推瓶。

筑桥厂乡共，铺路稻橘丰。

厂建欢农野，林茂机声隆。

天涯峰壑家，更喜绿畎逢。

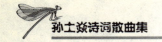

蜀地霪雨

砖瓦霪雨购，路遥阴霾重。
黑云集峰峦，天衣密无缝。
淅沥滴梧桐，飘洒粘草径。
路泥靴踩软，苔石脚蹬硬。
村庄迷蒙暗，稻野雨刷静。
砖窑路程半，脸颊水汗并。
首跋绿竹坂，再登青岩蹬。
工期岂雨阻？雨稠豪情盛。
路转砖窑现，望见窑烟馨！

忆垂钓铜钵河

厂建节假日，垂钓铜钵岸。
葳蕤花竹遮，湛绿蔓草垫。
峦影藻水深，溪烟林田漫。
黄鸟苔石怡，清河缁漂盼。
酸累飘碧浦，烦愁散芳甸。
甩钩鱼鳖游，换饵虾蟹窜。
造纸何县厂？污河腐臭面。
葫芦黑泥茂，酸碱浊流淀。
殃族鱼虾恙，祸域生植烂。
鸟雀秽瘴避，兽虫脏水厌。
萧索网钓悲，腐蚀稼穑叹。
今还昔貌否？溯源忿怒惦！

游万县市并观长江

万县荣天府，城郭俯长江。

雄峡峙高岸，巨浪奔雷狂。

榕荫蔽陌路，巷闾罗贾商。

栉比高低楼，鳞次连栋房。

川流眩目阔，巉岩戳天长。

崔嵬江岸站，远眺雾茫茫。

慑魄若海势，陶醉渊岳苍。

鸥鹭贴船鷔，棘石危崖镶。

城古览兴俊，江伟久伫慌。

更陟岸岩顶，睥睨身欲翔。

登仙女山

（一）

溪绿青篁漫，竹篁掩绿溪。

柑妨眯旭眼，蓟露印花屐。

松磴岚林外，云崖雾野西。

依岩萝蔓帱，縢客半途迷。

（二）

画眉啼绿树，秀暑媚蔷薇。

仙女竹峰顶，云衣彩帔围。

袂招松雾满，我陟茑萝堆。

林籁吹箫瑟，酡颜惑翠微。

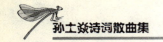
（三）

侬家青嶂底，楼栋对竹塘。

茜裤摘桑女，白衫铲草郎。

坂禾脂液涨，油菜郁金黄。

跋览炊烟袅，峰拥蜀昊长。

巴中吊翼德

古郡康乐地，稻麦沃野青。

如何水萦带，迎峰入翠屏？

松崖引坦路，竹院蔽劲厅。

石街冀贾影，闾衢缅铠缨。

山川育梁栋，日月逝将卿！

怒吼曾退曹，虎镇吴魏惊。

千古庙祠慨，盟誓不可听。

哀哉兰谱灭，谊重社稷轻。

蹀躞霄汉望，涕下空复情。

蜀地赏春

千山碧染靛，万壑翠涌潮。

绮春闲暇日，我踏碛石桥。

出墙含苞杏，艳妆农院桃。

芳菲千里外，停履落花壕。

白蝶飞菜畦，黄鹂扑柳条。

馨香坞溪浓，故乡天涯遥！

痴望花锦簇，呆赏垄町苗。

厂建战异域，林岭云霄高。

花粉飘秀发，春水照征袍。

不思燕雀居，仰慕云鹰矫！

出　川

峻嶒秦岭暮，迷蒙峡湘晓。

入川复出川，连天碧树草。

城郭堆锦幄，秋野聚玛瑙。

列车驰骋望，伟哉巴蜀道！

迴波动危岸，庄稼上坳峁。

转壑村墟出，沟深崖壁峭。

下临不测渊，上接天云表。

浩荡江掉尾，逶迤岳伸脚。

洒泪别工友，亲情厚城堡。

回首山河隔，音容睡梦找。

《西游记》师徒小照

孙悟空

（一）

铮铮铁骨美猴仙，下踹阎罗上踹天。

风口浪尖排险难，魂为沧海胆为山！

（二）

大圣齐天棒万钧，铲魔除孽捋龙鳞。

项强担厄征途迈，性梗踢江捶岱昆！

猪八戒

榔槺八戒馋模样，蔫攒浑谣闹阋墙❶。

妖孽盘桓风雨路，挺耙憨懒助猴王。

沙 僧

敬业沙僧囊担挑，天竺路远铲魔妖。

云山雾岭衣衫旧，奔赴西天物欲抛。

唐 僧

骷髅粉黛谲波险，金兜洞咒诡云奇。

泥路凡胎瞿万难，万难万死念菩提。

公园春景

少女拈花扬俏脸，春花放蕊斗芳姿。

蝶离彩榭牛花瓣，争胜黄鹂唱柳丝。

儿 时

（一）

故乡七间房❷，西衍芳草甸。

隰湿蓼花紫，水凼满荇茨。

入甸沼渚枉，出甸泽霭变。

❶ 闹阋墙，指兄弟不和睦。

❷ 七间房，村名，在辽宁省复县泡崖区谢屯乡境内。

蜿蜒行水蛇，嘹唳鸣野雁。
洗澡螃蟹捉，张网鱼虾窜。
有河通沧海，无堤山麓断。
周遭秫黍围，湫埂坑坎乱。
水浞石磊磊，替淤滩漫漫。
云衬兼葭塘，烟锁杞柳岸。
每逛醉裎体，哪管蛭叮腱！

（二）

窗扉对青山，坡园果花繁。
艳阳沟溪美，春暖草气甜。
蜂鸟旋翠槿，蜂蝶落紫芫。
蛇盘蒺藜盖，蜥出枣蓟牵。
打柴骑崤梁，妹醉笑脸憨。
石甩辽原阔，喊山吓杜鹃。

（三）

姥家峁林挡，伓伓独身行。
庄稼青纱帐，柞杨飒飒鸣。
山野草木燊，沟帮蹑足轻。
唯恐林莽里，狼蹿横祸生。
过峁始松气，脚踢婆婆丁。
手拈马兰花，嘴吹蒲公英。
乜眼四撒眸，俚曲随意哼。
姥舍绿杨溪，枣院紫荆篱。
跂望桑垄烟，直扑菜园畦。

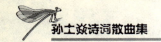
进门黄犬迎，身围芦花鸡。

（四）

童孺随老姨，逮蟹踏淤泥。

海阔蓬棘岸，野邈碥石矶。

螃蟹如蚁密，鸧鸭碧波胰。

贪窥鸥红喙，嬉撩鱼青鳍。

海风洒脸酣，海日冒岬迷。

蚶蛤滩涂找，芹藻淑湾掬。

玩多草埼美，趣厚云宇奇。

我眼觅蟹慢，群姨伸臂疾。

晌坐壳岩顶，鸟瞰渔船离！

（五）

茅草山凹肥，橡树风窸窣。

晚春明媚天，群女都光顾。

小姨俏脸喜，过家谁不慕？

分我白皙娘，赪颜若粉敷。

树冠做洞房，茅草编床铺。

小姨称月老，伴娘两厢护。

无笙攥拳吹，无鼓敲碧树。

花轿作样抬，合卺草当烛。

童贞境烂漫，春美花香馥。

阵阵莺语慊，瑰瑰裙花簇。

情酣灌醐醍，兴阑斜阳暮。

壮年犹回首，天涯在歧路！

公园闻歌乐

（一）

莎岸寻芳水漾空，碧楼杨柳玉樨风。

隔湖谁奏遏云曲？无限乡山晚照中！

（二）

天籁乐声清水音，湖轩曲渡画屏春。

桑榆晚景簪花唱，杨柳风中送客闻！

大　雨

滂沱大雨落整夜，清晨仍旧雨狂泻。

轿车冲水沿路行，花木葳蕤撑肥叶。

暑旱多日热浪叠，金乌齐出焌河岳。

今爽心脾清神骸，伫观雨幕交错叠。

如铅云际满沆瀣，隐含雷霆炸时烈。

郊野禾麦得宝澍，消渴挺莲正拔节。

挟风尽浇园葵斜，泄倒空宇电明灭。

涤尘荡垢淌浊流，顶雨上班人车越。

天地湿润雨未竭，万物承恩情殷切。

云层加厚风转急，楼墙淋溜溜贴接。

风雨交织飞鸟绝，杨柳欢摆榆槐悦。

安得插翅急雨中，衣冠湿透恣意瞥！

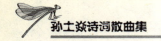

市二一九公园即景

（一）

芳草萋萋白玉桥，绿荫遮道匿鹡鹩。

蔷薇院里亭石坐，菡萏湖中船桨摇。

惬意柳枝沾藻水，舒心皂燕语楼巢。

钓竿满岸情何限，难禁黄蛾落粉苞！

（二）

梨花香满绿林坡，如醉如痴栅板隔。

雪砌霜雕芳馥蕾，冰清玉澈秀娈娥。

枝枝意热含苞放，树树情深笑眼窝。

似幻非仙人世否？真葩实梦耐春何！

（三）

粉荷湖畔麇集客，花叶娉婷似洛仙。

环佩临风羞日丽，玉容惊世浴波憨。

几回船渡楼园晚，何处笛吹细雨前？

色剑钱刀刮骨朽，劝君圣境自凭栏！

赞清官于成龙

胸襟浩气贯牛斗，贵胄阀阅拽裾走。

违母撇妻千般情，都赍府县沟壑柳。

审案勘政耢农田，剿匪夷难恤寡朽。

政绩斐然感鬼神，拯民炭火泣媪叟。

忠骨磊落廉到棺，帐褐床陋复何有？

守城御敌冒雨矢，筑桥抬木泥裹肘。

民堆哪象官宦样？萑苻❶瘴险荡污垢。

贪官污吏铁面惩，皇戚巨盗律法咎。

官服官帽醇醪缺，清风梁栋至皓首。

一腔热血为社稷，明镜标史照贪狗！

山行曲

鸟喙林蹊翻落叶，蜷足松鼠坐溪空。

老翁凑趣趴青草，隔叶蝈蝈有唱声。

闲　趣

林荫夹道映湖堤，杨柳花扑烟满溪。

喜鹊老哥松鼠弟，翁装鬼脸扮猫咪。

赏　秋

点水蜻蜓飞碧柳，萧萧黄叶落林塘。

闲翁悄立倩秋里，细品年华入晚芳。

忘忧草

老态龙钟甚，仙家陈抟❷慕。

---

❶ 萑苻，匪聚之地。

❷ 陈抟，字图南，号扶摇子，又号希夷先生。传统神秘文化中富有传奇色彩的一代宗师。陈抟生于唐懿宗咸通十二年（871年）十月十日，仙逝于宋太宗端拱二年（989年）七月二十二日，享年118岁。

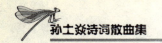
请尝忘忧草，莫恋珊瑚树。

戒

食色孰能免？宇宙有常规。

吴越裙底换，饶楚掌上飞。

野　履

野履踏花软，深山凌云渡。

拂石松筠啸，衣沾巴陵露。

春雨即景

（一）

甘霖浇叶摇新绿，花聚珍珠滚落圆。

紫燕回巢挨翅卧，湿云翻墨暗南山。

（二）

麦象涂油垄象梳，粉桃淋浴美容殊。

云遮绿野林田沃，雨陌鸭呱枣院屋。

（三）

水叶湿花醉客魂，滴声谐韵柳林闻。

风柔尽润桑麻地，细雨流光沃野新！

杨柳花

（一）

杨柳散花香雪浓，过街抛岭类飞蓬。

文坛歌咏传千载，谁解弥天沃土情？

（二）

星河半退曙光微，万簇杨花作雪飞。

月地扎堆花影乱，湘帘贴画被风吹。

北京人民大会堂颂

建筑雄浑屹国都，神圣殿堂国枢纽。

硕柱广阶接俊彦，华门宏檐金彩镂。

会堂棚灯赛星斗，山川湖海溶桁牖。

八埏版图汇劭庭，掌权制宪集魁首。

国际嘉宾盛情待，各族荟萃展鸿猷。

雕屏绘画壁饰秀，厅厅迥异国俗厚。

节庆党同亿民欢，庇国夷难荡腐朽。

情达藏蒙毡房桌，心挂赣陕边穷叟。

英模莅临热泪潸，代表赴会挺脊走。

盆花池树艳新朝，红毯贲帱焕九州。

国强党领奔富赡，世纪风云殿堂搂！

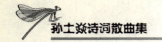

记大连海滨公园

（一九八七年）

（一）

公园渤海湾，亭榭岸堤边。

碧水凭栏阔，穿空纵目兰。

轮船飘渺影，岛屿隐约山。

情畅尘俗忘，清风吹面甜。

（二）

碧波溶旭日，园脚聚乔林。

药圃鸡冠紫，花栏菊瓣金。

舟山浮海宇，鸥鹜带矶云。

展望舒心眼，和风拂满襟！

游大连市区公园

闹市人如堵，还歇阆苑中。

花坛蝶鸟静，古殿画銮空。

杨桧遮天翠，槿墙漏蕊红。

隔门商厦火，辉映逾腾龙！

风 雪

（一）

雨耶雪耶天脸变，嘻嘻风吼播急霰。

银粉世界鞍钢何？鳞掉甲丢玉龙战。

砼墙校园堆白面，瑶池银河落塄岸。

店铺街馆觑皓皓，坰野疃堡撒漫漫。

摔额撕衣脖项灌，道滑风戾雪如箭。

红军夹金雪岭爬，冻馁衣烂风暴旋。

比愧病躯停摇颤，交警眼睑眯成线。

汽车慎驶车莫骑，沟满垤平埋埵绊。

暴雪易灾蒙藏惦，舞风蹈雪冰发乱。

已够超蔓天公知，雪幕归途抹脸盼！

（二）

户外风雪厮杀紧，风虀催阵雪卒狠。

茫茫霄汉帝帅督，筛摆幡翻云滚滚。

兽虫蛰伏藏林窟，鹈鹊绝迹秘巢隐。

孖扑渠田棉絮狂，略城磕门叩房檩。

摇晃电网电网动，袭击桥梁桥梁稳。

航班停飞火车延，客轮罹难渤海寝❶。

风雪边防正跋涉，油田鏖战汗水混。

北极雪暴国旗红，南极雪域科研缜。

厉兵秣马雾晶急，狂风骤雪瀛寰懔。

傍晚天霁放云光，茫茫一片白缎锦！

悼念父亲

清明祭父坟，皖塘明春峦。

---

❶ 1999 年 11 月 26 日大舜号客轮在渤海遇难。

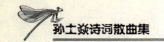

醪肴石桌摆，纸钱公墓燔。
玉墀列松柏，墓碑对崇岩。
神祇潜流泪，悼严百虑煎。
酸累建鞍钢，邻遁铁志坚。
馑年酒泉调，赴程西驰遄。
戈壁瀚海沙，天山雪摩天。
愤慨苏俄撤，国难疆域艰！
饥饿挥锹铲，痢疟执锯钳。
日战风沙吞，夜战月窟寒。
抱信骨棱瘦，宏愿敬业殚。
养家阖荫庇，老退癃痹先。
瞑目我滞蜀，今祭悲永年！

冬日山景

崖挂冰溜玉笋雕，雪随晴日上云霄。
雾凇风卷银涛涌，山景催翁度野桥。

秋山行

苍陂秋韵弄花藤，草木萦岚鸟翼轻。
信美依笻林薮远，野屐停处有丹枫。

革命老战士歌

血栓颅疼剧，妻哭急摇手。

"切莫扰政府！"昏厥如木偶。

救醒泪启匣，抚章回皓首。

曩日日寇狂，杀戮到鸡狗。

血染墀侧花，尸堆牖边柳。

扛枪驱倭虏，眦裂弹雨吼。

刀劈恶魔肩，枪扫奋铁肘。

后又揍蒋帮，鏖战洲郡走。

负伤遂荣返，百里誉交口。

厂职大连调，乡党遮道搂❶。

英雄毅回舆，间贫独富否？

荐管镇企厂，劬劳夜达昼。

黑脸挡戚驾，揭短不顾丑。

耋年还茅屋，被旧炕桌陋。

唯匣勋章灿，倾囊复何有？

嘱卖凑药费，况已到老朽。

事传普兰店，万众感泪流。

县政拨款医，修房抚恤厚。

如今蔗境❷宽，英雄喜举酒。

根　雕

白日攀爬摩天岭，云遮雾绕登绝顶。

爹根叉块苍崖得，谁解山野风露影？

---

❶ 老乡们排成队拦住他，不舍他的离去。

❷ 蔗境，喻先苦后乐，有后福。常用来比喻人晚年生活逐渐转好。

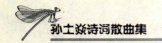

盘根窃喜龙虎形，错节想象鸾凤景。
载归气嘘热汗流，漂濯整晒病累挺。
刻画宝根动慧眼，雕凿密质运刀柄。
腹为箧笥书籍满，胸揣锦绣妙思涌。
有女如花坐货亭，得觇真迹神骇惊。
悍豹舞爪山岩托，鹍鹘攫树羽翼猛。
麋獐雉兔盍辟易，硕虎咫尺梦寱恐。
静见花鸟桌案俏，岂复峭峤石壁耸？
但云所为置少许，孰料观者俗眼冷。
卿父根艺罕匹敌，应允国展从所请。

孔繁森颂

讴歌英烈孔繁森，援藏荒陲阿里原。
雪塪冰窟皲脸挺，风餐露宿病躯攀。
抚孤赈险僻疆改，勘路慰戎绝域寒。
探母辞妻没再返，忠魂永驻藏云端。

老网虫

娱乐荧屏老网虫，神聊冲浪赛顽童。
核桃脸谱翁超酷，跨鹤云游访月宫。

火山即情

（电视观之）

彤红岩浆咕嘟冒，烈焰狂噢都燔烧。

生灵遭遇化斋粉，所向庄林噬毁掉。
山口腾滚泻层坡，烛天热浪犎蟍[1]何？
高温焚烤千万度，铺天盖地撒灰火。
光焰灿烂爆炸响，红涛燏溢谁敢挡？
昼夜喧阗坼厚坤，海啸山崩熟草莽！
伟力撼魄神鬼惮，索秘探奥跋危巅。
艰难科考科学家，岩浆灰火身侧溅！
肌肉灼疼眉髯燎，气窒味呛躯欲倒。
为解地幔神秘窟，赴汤蹈火冒死找。

观大雨

大风如鞭雨如掤，旋即街道斋水波。
电闪雷鸣天地昏，风雨交加云滚墨。
夏树旱草喜撒欢，园蔬田禾灌脖乐。
层楼广厦雨城鲜，紫巷翠陌白箭射。
烈日热煞酷暑煎，谁挡暑热蓐衫迫？
猫荼狗倦蛟龙蟠，塘涸岑蔫虎豹惰。
万物今畅城野苏，我伴浩雨泪俱落。
厂建工地肥雨战，鞍钢炉火雨幕裹。
商厦客繁伞如蘑，郊路车驶棚厢错。
猛男扶老街浪进，靓妇抱孩风刮过。
我何楼檐怯如鸡，冒雨凌风学鸭鹤！

---

[1] 犎蟍，犎是一种野牛；蟍即蟍螈，两栖动物，形状似蜥蜴。

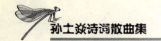

初冬雪

团团雪絮风纺纤，狎窗涞桑捧手嫩。

丹菊憔悴蔺草黄，塘圳阡陌落滋润。

圹埌雪原玉山娴，昏瞢城宇银楼俊。

初下夹雨转绒白，千压万挤棉犷奋。

年丰廪实农笑酽，肥墒漫畛康富牣。

工厂机鸣商贸荣，雪兆祯瑞鹏程顺。

湿墣扑垲培柢根，蛾奔蜂蹀状鸿运。

祁雪成阵乡城拥，靓妆山河琼瑶垄。

抚槛风姨身胛围，贴脸雪妹福泽蕴。

回故乡

（一）

归身怯怯里墟真，桑梓烟隔认故屯。

靓铺新房挨陌柳，喜极拭泪望来人。

（二）

老家庄院贴山嘴，野淀云消变陆田。

故土乡邻疑梦里，促膝对酒话当年。

（三）

薯叶青青沿垄盘，邻妮笑语吓鸣鹃。

翅拍田黍没梢茎，翠摆风合荡野天。

（四）

啸傲东山草径微，苍茫妹指落鸢隈。

儿时玩伴今何处？百感沧桑老泪垂！

（五）

落叶归根自古情，雪前鸿雁雨前羚。

故乡不寐消良夜，花映窗纱月照庭。

（六）

羁旅半生穷海涯，携妻川蜀建新家。

云峰雾壑高楼筑，天畔曾植故里花。

北京火车站

铁路动脉汇国都，屡过情殊泪模糊。

玉甍摩挲釉薨看，钟楼豪厅梦寐呼。

翠檐映日焕琉彩，巨站宏构射宝色。

高堂穗帏明窗镜，长廊天桥客流海。

伫街楼厦堆锦缎，千馆万殿繁华面。

花满城宇蔼蔼深，树拥古都邈邈辨。

海外游子天涯客，热扑母怀谁此刻？

国雄站雄古都雄，车鸣惊醒醉乡魄！

五十华诞国庆盛典

（一）

彩车艳丽万国殊，狮舞龙蟠沸古都。

硕果堆积盈陆海，辉煌庆典亿民呼！

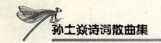
（二）

军容整肃雄师伟，铁阵戎装势握山。

豪迈向阳旗鼓劲，长城骇世捍疆天。

肥 叶

肥叶驮蝶迎旭日，啄花翠雀野林啼。

诗翁惆怅芳春晚，暂避红尘到柳溪。

笼中鸟

朝逢邻楼翁，气馁曰鸟丢。

觅遍橱柜角，疑是懒猫偷。

竹笼门洞启，羽翮去不留。

嗜好成鸟癖，笼空捻髯愁。

我闻窃悉喜，鸟智能逃否？

猫噬恐溅血，血羽冈稽搜。

昔鸟被游圈，售递成楚囚。

离戚哀歌发，眷侣悲啁啾。

岂止昭君怨，梦锁长门秋。

故野昼夜盼，痛忆黔滇洲。

彼哀围者笑，津津夸歌喉。

今遁愿程顺，亲族望林丘。

仲秋大雨

（一）

仲秋大雨降滂沱，莎草椒枝掩碧荷。

白弩连珠倾卉陌，水帘蔽野挂天河。

翥空鸽鸟宁湿翅，跃库鲢鱼恐逝波。

已缚旱魃田堡望，楼埋密稷舞婆娑。

（二）

势似千军鼓噪来，齐天彻地卷黄埃。

满城楼厦阴霾罩，蔽野莲峰云海埋。

菊蕊篱园流水丽，商街杨柳润光排。

风吹伞鼓停砖路，雨幕交跌畅我怀！

青藏高原歌

乐律妙吹奏，金曲撼心扉。

青藏高原唱，遐思傍云飞。

漭漭疆天阔，皑皑雪峰伟。

圻野势磅礴，连岭高崔嵬。

歌发旷古叹，情挚肝肠催。

征战报国壮，歌激双泪垂。

剿敌警匪搏，卧雪戍边陲。

抗洪暴雨夜，非典医拼时。

委婉若倾诉，昂扬卷风雷。

情境酣唱极，余音绕梁回。

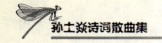

庆澳门回归

驻军接政更官日，龙裔环球喜庆时。

焰火锦旗国壤盛，永湔国耻泪湿衣。

登顶望远

隔水菜花黄炫日，蜀峰野树碧摩天。

思乡登顶云端望，山外青山川外川。

述　怀

（一）

瘝骥伏枥嘶，夕阳彤霞好。

江河崩波催，令我形骸老。

懒惰疏亲朋，腿沉如病鸟。

眼慕青松岑，鸭跂紫陌道。

偃蹇愧轩冕，妙曼踏芳草。

曾睹华蓥巅，飘摇凌诸岛。

车驰黄河昏，羁旅金陵晓。

濯足渤海深，悦瞵秦岭表。

迟暮无功矜，裨世涓埃少。

祖国日隆兴，激翁华裔傲！

僻域楼厦矗，荒漠森林茂。

报纸喜泪看，荧屏愉跃雀。

宏图肺腑热，无事何起早？

（二）

淡泊适秉性，江岸飘青衿。

蜀葛厂路挽，帝陵职暇临。

石富[1]绿珠何？原宪[2]焉甘贫！

武侯[3]殉职薨，天祥元虏贞。

览古泪浪浪，感慨湖海深！

顾吾鲁钝姿，飘袂凌濑津。

肄业达者嗤，蒿目蕙兰心。

仰视搏空翼，俯察纵海鳞。

自古豪杰士，振邦岂无因？

临老犹浩歌，物欲莫因循。

常憾烛光微，愿国多国桢！

（三）

杜甫李白真诗伯，读诗欲啖入脾胃。

麻姑[4]搔痒脊背抓，嫦娥月宫笑靥醉。

楚辞汉赋求索累，洛神[5]浴波巫灵睡。

---

[1] 石富，即石崇（249—300年），字季伦，小名齐奴。司马伦党羽孙秀向石崇索要其宠妾绿珠不果，因而诬陷其为乱党，遭夷三族。晋惠帝复位后，以九卿礼安葬石崇。

[2] 原宪（公元前515—前？年），字子思，春秋时期宋国（今河南省商丘市）人。孔子弟子，孔门七十二贤之一。出身贫寒，个性狷介，一生安贫乐道，不肯与世俗合流。

[3] 武侯，即诸葛亮，字孔明，号卧龙。

[4] 麻姑，传说中的仙女。

[5] 洛神，曹植著有《洛神赋》，三国美人甄宓被神化成洛神。

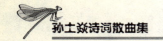

北溟绵邈崆峒高，湘妃❶鼓瑟苍梧❷泪。

扶桑仰日紫霞退，驽骀骅骝红尘沸。

箴言谶句穷相缀，谁操文藻敷空翠？

唐诗宋词元曲最，华翰天纵瞥项背。

阊阖❸宝刹云端闲，兰萱香馥耶溪❹媚。

今吾滥觞欲趋鹜，敢问司阍曷擢粹？

中秋节

堂闳承秋氛，黎民庆佳节。

美醑樽哪空，况对月如雪？

团聚椿萱欢，家宴棣鄂贴。

祖国日昌隆，能不肝肠热！

瓜果月饼摞，珍馐甜醴列。

尽情款终夕，莫道有离别。

礼乐丰城邑，膏腴肥沃野。

海峡尚岸隔，使我郁思结。

老拼鹈鹕力，少激骏驹血。

华裔同源叹，愧睹金蟾月！

四海灯辉共，举杯谴浪叠。

❶湘妃，名曰娥皇、女英，本帝尧之二女，舜之二妃。相传二妃没于湘水，遂为湘水
之神。

❷苍梧，舜帝南巡驾崩苍梧。

❸阊阖，传说中的天门，这里借指天宫。

❹耶溪，即若耶溪，见李白《越女词》。

夏雨初霁

夏雨初晴云半霓，稻田翠洗燕飞低。

煦风吹皱荷塘水，蛙韵向人聒柳溪。

市玉佛苑途中

伐木丁丁林壑幽，转山佛苑绚红楼。

松溪鸟语梵摩路，叶径蛩鸣花露秋。

晨　练

（一）

晨练舒筋骨，耄耋惧脑梗。

风耍老猫肉，寒当葱花饼。

霜华铺黄草，残月映野埂。

缓缓拳脚施，踽踽苍骥影。

蒿友萎叶随，松师冻土挺。

畅怀熹微日，惯看孟冬景。

蚍蜉眠地底，喜鹊匿树顶。

毋追古贤意，病躯暇以整！

（二）

盅酒杯茗后，闲学圣贤赋。

不愿膏脂肥，恬静月宫兔。

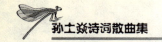

羸躯歆姜桂，缂丝❶悦黹❷鈹❸。

长江后浪推，闾阎新替故。

达此清晨起，徜徉木皁路。

嘈声不复聒，槿花房篱蔟。

跑也蜥蜴慢，眺也昏瞀目。

烂漫婴孩欢，訇音肺腑吐。

国富万业兴，民强国疆固。

虽老夕阳惜，情热撒洲岵！

晨曦伴步履，花蝶娱迟暮。

持恒祛病魔，激扬袖肘竖！

（三）

德崇岳武穆，腿迈段誉步。

心廙少林僧，愧望武当路。

伶俜紫堇陪，局踏碧杨护。

不辍天马独，嵇阮谁肯顾？

秧歌颜面抛，禽功慢如鹜。

吾终墙隅间，耆年发垂素。

覃思国瑰宝，淹没恐晨暮。

密籍赓续几？师徒花哨误。

阳春霞彩映，金秋槲滋露。

蝼蚁叼泥勤，蟋蛄密叶度。

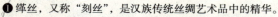

❶缂丝，又称"刻丝"，是汉族传统丝绸艺术品中的精华。

❷黹，读[zhǐ]，缝纫，刺绣。

❸鈹，读[shù]，长针，刺。

似憬劲挺颈，睡眦体骤速。
情欲割舍难，晨练莫敢不。

月 夜

（一）

桂魄当良宵，清莹几万里。
万象朦胧中，远塈隐楼脊。
楸杨巢鸦鹊，蝙蝠逐蚊蚁。
因何照不眠，耿耿秋夜起？
赏花花鼾睡，观柳柳茶邸。
只有蟾宫月，洒街似银水。
北斗七星觅，天阙逼象纬。
徘徊菊蕙旁，踯躅楼栋底。
盛世感今昔，欣喜情未已。
宁知鹏程阔，改革至真理！
夤夜浩无极，吟诗花月地。
药圃传芳静，露滋着袜屣。

（二）

溶溶仲秋月，遑遑东郭丘。
遥夜起褰裳，缁幕八极周。
星宿炳如嵌，银河漾欲流。
蔽茢风窸窣，轩阒柳径幽。
宝镜太虚满，花馨覆故楼。
为何蹀躞喜，盼顾藩园秋？

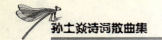
港澳各回归，疆靖国势优。

日月共尧天，龙腾展鸿猷。

国旺我寤奋，民康更燕游。

值此佳月夕，焉能舍第留？

憧憬晶宫圆，多情月如钩。

圆缺俱快意，延伫古辽洲。

（三）

皓月邈秋夜，嫦娥倚桂宫。

苑湖炫金波，霄汉耿玉绳。

朦胧山林影，香馥兰菊风。

但觉周谧静，况复露柳清！

朗照屯疆旅，映映灯霓城。

南国展秀颐，北国衍水晶。

体藏铺轨苦，知峡筑坝宏。

魂汇油田战，魄随国轮征。

目瞰楼厦高，情喜物阜丰。

临栖尚依依，帘栊月华倾。

今夕何夕焉，月娥妆奁明？

浩荡寄情殷，不寐巷楼东。

泛 舟

（一）

桃花斜映水中山，碧藻鸣蛙摇睡莲。

舟荡琉璃移棹晚，春禽惊起渡溪烟。

（二）

花丛归棹叶田田，九曲山屏杨柳湾。
情荡荷陂兰靛水，蜻蜓飞上醉翁船。

自　嘲

（一）

雪后阴霾楼栋垂，女郎遛狗彩云飞。
看翁迈步乌龟慢，恨把羲和❶锁帝帷。

（二）

陋室吟诗楮墨香，草根卿相布衣郎。
野棋恐碍诸公眼，琴瑟瞎弹作古腔。

（三）

皮氅翻毛像老熊，蹒跚步履柳桥东。
蝴蝶梦里余年度，葱蒜情怀野味浓。

花园题景

树隐红楼余晚照，雕栏茉莉玉脂香。
双蝶独等莺离后，檀树郎瞧芍药娘。

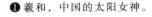

❶羲和，中国的太阳女神。

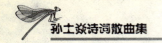

偶买物件见偷税漏税严重深虑之

杨柳趁风摇碧头，重楼花巷月如钩。

覃思偷税琼宵立，花不愁人人自愁！

秋　咏

（一）

草木横铺万里秋，林禽百啭落花州。

诗翁飘袂湖山上，野客撑出芦苇舟。

（二）

拥抱金秋绿壑中，溪旁久坐似呆虫。

水声鸟韵林峦静，万籁清心花气浓。

哈尔滨即景

冒风突雪到冰城，北地寒疆尽琰琼。

豪馆裘拥娇妇面，靓街袍挺酷哥胸。

雾凇炫日弥江岛，楼厦蔽霄醉画亭。

感冒回车迷旅路，霓灯夜海彩霞红。

蜜　蜂

酿蜜寻芳蜇翅劳，香须带粉襻红绡。

扶桑日尽烟霞晚，恐误花期未返巢。

游　春

戗眼梨林香雪海，樱桃鞔笑粉脂腮。
煦风丽日蜂蝶乱，花季衰翁拄杖来。

爱谢朓《游东田》诗成绝句

（一）

鸟散余花落故蹊，谁怜粉瓣碾成泥。
青春老却繁霜鬓，满目夕阳立柳堤。

（二）

鱼戏新荷花叶动，红霞托日乱峰垂。
柳围湖水连天碧，纵棹惊得白鹭飞。

何首乌

山脉阹缺林莽连，荷镢拨茀爬层岩。
层岩近天草木蕖，峰峤牵藤临深潭。
深潭壁削古未闻，苔碥蒌浦半遮云。
罅石陂陀榛崖上，黄菌屝杂蕨藜群。
罅石榛丛首乌立，卓脱离崖只数尺。
药农拊额谢天赐，挥镢清场刈荆蒴。
猛见腥风石罅出，风裹巨蛇头如壶。
金鳞灿灿脖彩艳，灯瞳血口毒芯突。
药农骇余人蛇搏，树晃石滚花草折。
盘掉殳痕崖巅险，皮裂敁遁死能活。

047

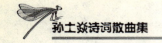

乌出世罕果神品，人形男女鼻眼准。
山精草怪绝域泯，世宝应珍莫楦损。

严　寒

风透棉裘日不温，满城霜雪盼阳春。
消磨岁月翁躯老，冰路缓行白发人。

雾　凇

赏景寒袭老病秧，雾凇曙日炫霞光。
冰花迷魄叠绫素，雪柳连城坠梦乡。

过黄河

黄河九曲渤海赴，沃野伟岸三月渡。
瞩目河床碧水流，暮霭澒洞齐鲁树。
长桥横跨滚轮音，铺天黄涛曷泯速？
万里母乳哺华胤，千载泛滥县邑覆。
月夜莅临灯闪烁，祺福胜昔河堤固！
趴窗苦辨母亲河，耳听车驰破天幕。
黄土高原黄河源，恨彼裸剥人畜促。
广林肥草我能歌，储雨拦洪天莫怒。
列车骎骎堤岸逝，我何热血沸腔骤？
邂逅国河泪脸荣，根植祖地激情注！

过秦岭

秦岭拔地昂峻首，岭表魈魈宿星斗。

列车驾风奔岭巅，客梦横空崇岳搂。

睁眼石壁衔朝旭，亘古草坡冷雾域。

道班雄踞苍崖背，河绾群峰霄汉去。

万里铁轨龙摆尾，倚岸傍岩出谷嘴。

隧道逶迤岭腹穿，车驶景换沟壑美。

伟哉铁路秦岭筑，凿峦掘嶂云海度。

华夏龙脉傲乾坤，凭窗飞吻栖鸟树。

秦岭秦岭荫庇多，擎天一隅郁嵯峨。

名产颇丰金银窝，人文景观若星河。

民族脊柱世纪驮，沟岔林石都是歌！

车驰高岭撕云霞，越岑转坡奔天涯。

幸哉浩览挂泪花，何日畅游醉酒家？

赞中国举办世界大学生运动会开幕式

飞碟旋彩点火炬，场众瞠目秦佣操。

云端倒泻银河水，敦煌飞天飘紫霄。

彩阵变幻或文古，秀队热旋绿奥潮。

民族服饰孔雀艳，晃翠炫金卉海娇。

硕球人居透明动，迭出车仪跨科标。

佛尊慧辉焕旺世，万簇花锦涌洪涛。

华乐筝鼓礼花场，歌舞管弦灯火宵。

景宏声壮音韵密，激胸荡臆热泪抛。

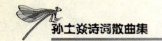

外宾翘首悦目赏，爽图罕见国士豪！

信　步

风扇落叶残秋尽，信步游园似企鹅。
俗世人迷槐底梦，近观蛛网挂飞蛾。

槐　花

贤淑无华甘寂寞，香瘝骨萎湮尘埃。
嗟叹卿命生涯短，百累茹辛育胚胎！
青春蜜蜂采花蜜，蝴蝶扇翅舞蹈来。
花房铺酥展粉裙，蕊冠溢芳倾妻怀。
时紧媾欢春阳授，事迫空污需良槐。
雨护免恭被衣体，风挡莫损迎矍腮。
丝丝母爱苞萼注，片片激情花瓣排。
叶肥枝茂卿颜瘦，籽胖嗣旺慈母衰。
终垫热土无悔泪，香魂永世槐底埋！

刺玫花

朵朵姝丽野玫瑰，风情撩人华晨看。
枝茎绷刺皮肉损，楼庭羞怯花怒绽。
兰姊芸弟盼卿归，绕岭隔川情哥唤。
绿野迢迢藿菜香，昨梦浣溪烟花靛。
误陷红尘故土抛，折辱客欺卿怎惯？
眼含泪珠倚楼栏，忿对蛀蠹矫阳盼。

欲语山妹踟蹰时，晟霞映见蕊瓣颤！

辽 蝉

蝉韵国域异，猝闻北疆地。

京畿窗前吵，垄蜀耳听腻。

临秋景旖旎，辽蝉歌如泣。

"命也"墺陬传，哀音叩胸臆。

曾偕骊歌否？相思比望帝❶。

耆卿❷晓岸时，清照❸暮雨际。

婉转情何堪，凄切天穹递。

灿灿菊葵黄，苍苍杨柳碧。

我慨人生旅，蝼首赀商里。

层杪莫啭妙，重荫鸟雀睇。

覃思宇宙则，悲欢昆豸继。

荆轲渡易歌，雄蝉危虞觅！

春节绝句

（一）

万载欢筵万载情，春来节往叹浮生。

烟花绚丽除夕夜，鹤发童心坐到明。

---

❶ 望帝，相传战国时蜀王杜宇称帝，号望帝，为蜀治水有功，后禅位臣子，退隐西山，死后化为杜鹃鸟，啼声凄切，后常指悲哀凄惨的啼哭。

❷ 耆卿，柳永，字耆卿。

❸ 清照，李清照，号易安居士。

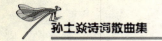

（二）

曩日童稚盼过年，人临老境意阑珊。
蹉跎岁月凋华发，百感沧桑馐馔前！

千山绝句

日撒金针云朵绣，霞衣妆饰翠莲山。
高楼傍日斜飞鸟，趟露欲扪天上天。

纪念抗美援朝五十周年

后辈掩泪捧史册，敬祭忠灵恸哭看。
峦树烧焦浴血杀，岩壕炸毁硝烟战。
炒面白雪填饿腹，冰峰御寒睡荒涧。
死抱悍敌同灰烬，肢断骨露军旗捍。
冰河救童永眠朝，胸堵敌堡碧血溅。
硬挺烈焰为总攻，炮弹坚送临终愿。
血战惨烈上甘岭，山翻火海弹如霰。
机炸炮轰敌蜂拥，肉搏轮抢峻岭烂。
歼敌气壮山河泣，挫凶铁躯胜局奠。
朝老宁死护伤员，中朝深谊战火炼。
临撤哭声震山野，丰碑永铭耸霄汉！

流星雨

狮子星座流星雨，报说壮观罕匹俦。
晨时吾待残夜迥，冥花睡蝶沈白楼。

繁星密布天穹表，霄汉耿耿九州秋。

星雨骤发湴云际，银河倒泻黄金流。

宇宙深邃渺难求，瞠目光箭璀璨稠。

织女机杼摆梭望，疑耶阊阖祸牵牛。

天女散花帝宸头，老君丹炉收未收？

雷公雷母蒙脸羞，嫦娥思羿桂阙愁。

乌鹊惊飞翟虺侯，天文馆镜幽冥搜。

奇景美境黯然休，寥廓痴望竟滞留。

翁鹤歌

商贩贩鹤刘老遇，鹤病阽危塌羽翼。

深悯倾囊购鹤回，喂食毂觫膈嗦逆。

诊医奄奄鼻息促，灌药恹恹胸瘪厉。

京津跌求痼疾敞：祸首农药万国惕！

朝奉暮伺废寝食，日哺夜飧皱颧癯。

病鹤渐能啖虫蚁，刘老喜极搂鹤泣。

泊月肥硕健如犊，剔翮跳篱围翁戏。

应放白鹤归鹤籍，院坪抚鹤促张臂。

鹤翾云端老泪涔，却望云山天伦聚。

欻觑鹤蹗白云下，落院掎翁戚容涕。

从此人禽形影随，分楼不搬甘蜗室。

街衢搭肩观者山，集市尾身堵如壁。

刘老矍铄桑榆壮，鹤舞翁娱命共济。

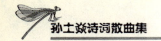

逾年鹤躁杯碗踢，凤凰曲奏相如[1]意。

过鄂跋渝渡滏阳，路遥囊绌姻息闷。

刘老苦脸抱鸡返，鹤睹默默伴鸡睡。

有贾母寿高价求，金钱粪土穷翁拒。

仍旧陋舍日夕眠，相依相伴甜如蜜。

秋　情

（一）

万楼灯照满城辉，郊野星空山色微。

深草秋虫鸣柳堡，蝙蝠背月夜林飞。

（二）

繁花似锦溢华秋，烟笼柳桥山野游。

草径秫风林鏊晚，绿畴深处鸟啼幽。

（三）

细雨霏霏雕落花，冷红凄叶放秋华。

剩花傲骨苍枝上，纵死抱香迎日霞！

秋　趣

（一）

蛩鸣细柳林，花密悦秋禽。

溪草鱼虾戏，苍山覆野云。

---

[1] 相如，司马相如，这里借指他和卓文君的爱情故事。

（二）

夜雨润晨曦，艾蒿踩印泥。

碰头蛛网颤，拨柳露湿衣。

（三）

趟露野花丛，林枫日照红。

倚石思亘古，拨木望苍穹。

汽车尾气

车辆多如戗水鲫，尾烟呛肺沁砒霜。

狂喷裤褂行翁怒，滥染屋床病妇慌。

污染超标温室厚，环球效应我心伤。

能源企盼清洁日，花海树荫城邑香！

观郊区小学演练鼓乐

腰鼓铜号奏参差，鼓槌彩绸舞婆娑。

稚脸雏姿操场旋，按律踏商荡回波。

校服兰白杨柳青，暄旭坦沙旗花红。

风缭彩舞艳瞳坊，声合钹镲震松坪。

领巾系脖开颜笑，意惬志满歌舞妙。

课余群练备节庆，明朝舞台鹰鹏傲！

奶　奶

生我奶奶已仙逝，瘵苦常听妈唠叨。

嫁逢匪世足坎坷，夫弃婆婴如霜草。

泣睐孺幼饥炕隅，戚容心碎昏蓬蒿。
夫狎新妇洞房欢，妻缢邻救命暂保。
蔌羹捞干放群雏，剩汤填肚肚怎饱？
羸麀奶崽荒埵拼，慈母饥馁稼穑早。
长期匮食病魔逼，陋屋柴躯形枯槁。
临终涕泪执伯手，叹谓汝等弃谁好？

狗 崽

（一）

谁家丢狗崽？龌龊菜泥堆。
腹饿皮囊瘦，身羸首尾垂。
痛嚎挨棒杵，瘸避被石追。
夜晚歇何处？惊闻有雨雷。

（二）

牲畜得么罪？群殴耍笑声。
哀鸣流血躲，痛踹破皮蒙。
乞眼噙涎热，怒颜装虎疯。
耐何筋力尽，昏死烂泥中！

春雨诗

（一）

鲜花照眼春城逛，皂燕撩人紫陌飞。
阴雨钟情桃李树，畅怀杨柳绣成堆。

（二）

美人含泪立春宵，桃李阶前细雨浇。
绿叶初舒花瓣冷，老公商海把家抛。

（三）

风摆杨花对客摇，春苗得雨涨城郊。
谁裁嫩柳齐头绿？仙女云间挥剪刀。

冬日逛市二一九公园花窖

冰广风寒沃雪城，柳僵花窖竟春浓。
云松鹤柏福翁象，噙泪斑竹湘女情。
粉面桃花萍水映，红梅倩袄暗香醒。
假山盆景植园看，鸾侣成双绿桂丛。

四美图

（西施）

纱浣莲溪桑采歌，粉颊宝靥蹙仙娥。
但知狐媚能兴越，旷世奇葩沉碧波！

（杨玉环）

海棠香殒马嵬坡，归辇玄宗桂殿何？
千古总说祸国女，红颜薄命古来多！

（绿珠）

酒宴丝竹白玉堂，合欢睡起凤帏床。
泼天豪富成流水，坠地绿珠红粉妆！

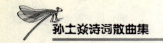

（陈圆圆）

情海生波魂屡迁，红罗宝帐卸钗环。

枭雄乱世成新宠，晚伴青灯栖碧山。

辽阳白塔

辽阳古塔瞻，塔伟砌佛龛。

雨雪经年月，风霜摽塈檐。

沧桑禾野矗，尘世韵华涵。

砖老名城秀，苍标印碧天。

爬墙虎

梗蔓相纠缠，蔚然饰路壁。

几度停履观，巨幅迎天日。

盖罨俱爬披，势威植缜密。

叶葆翠欲滴，蔓肥吞车屁。

茏葱高壁纤，毯挂市景继。

壁雕钢城标，白玉围栏砌。

宾馆路坡雄，园阁毗邻丽。

天云衬绿亩，松柏护旺气。

酖醄醉踏步，沉思风缕细。

情侣望憧憬，拄杖耋老立。

待秋霜华繁，霞映绯谁睇？

暮秋逛山随记

林麓红枫笑脸勾，落花和叶碧溪流。

悲秋情绪抛身后，抹泪云峦深处游。

小雪逢雪

雪里吟诗疯玉林，风扇黄叶落纷纷。

病躯曼舞随杨柳，谁懂衰翁迟暮心？

弈棋所思

（一）

汉界楚河刘项争，虞姬❶孰刿大江营？

举棋兵燹千般演，又是杨妃泣帝旌！

（二）

乐毅❷战车关羽马，攻城略地似蛟龙。

兴邦义盖峥嵘世，临弈千秋豪气通！

晨　嚼

晨嚼爆米花，忽笑露豁牙。

梦里约陶潜，贪杯老杜家。

---

❶ 虞姬，楚汉之争时期"西楚霸王"项羽的爱妾。

❷ 乐毅，战国后期杰出的军事家。

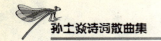

烈士山①

挖湖修廊筑石桥，槐林魆魆环山好。

湖光山色沐霞辉，雕梁画栋衬芳草。

拜碑温故登松巅，攀岩战壕杞榛找。

英烈洒血歼敌处，花绽翠绕槐涛啸！

战壕隐现虎躯傲，弹坑似闻残敌叫。

铁骨铸成钢城新，英魂锻作阛阓俏。

壮歌九霄商厦抱，鞍钢炉火城宇笑。

盛世佳境慰英雄，沃土茵陂纵目妙。

脚踏日寇残炮楼，手抚兰亭送晚照！

鞍钢中厚板厂竣工集体间歇千山

云峰藏古寺，明月挂楼窗。

华馆良辰夜，觞筹入醉乡。

君子兰

（一）

绿裳俊脸美阿娇，倚媚金屋泪眼抛。

今化兰花君柜上，含情脉脉伴春宵。

（二）

热带雨林谁觅蓺？花苞昳丽簇尘寰。

---

①烈士山，位于鞍山市内。

芬芳处子偎应破，沁帐幽兰抚醉颜。

落　叶

飘摇离故枝，魂魄随风颠。

肉萎物华尽，骨枯弃世难。

爹爹沟渠底，盘盘路畔边。

逝矣谁能挡？使我老泪潸。

彭祖千秋几？秦皇惑仙山。

玄宗霓裳毁，宋帝嗜金丹。

神明犹梦呓，古鉴明涅槃。

生世丛脞献，惨淡凌风烟。

吸碳虽菲薄，吐氧干云天。

愿足祯福祈，悲世饕餮贪。

酒色皮囊腐，权钱堕深渊。

再叹盗娼辈，敛财攒椁棺。

秋暮君欣落，我心实惘然。

堆壑伴溪流，委麓培高山！

早春营口辽河岸眺望

冰河对面辽原阔，身后楼园爽目豪。

渤海苍茫云际漾，关山迢递日边遥。

溷波惊骇棉裘客，晴宇难寻沃野雕。

惆怅污源千载后，请谁锦岸阻超标？

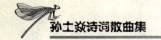

麻　雀

竹埭暨黍田，参差浓荫重。

老宅古坊街，场日民聚盛。

妻嘱买肉蔬，遂起登程兴。

修竹河岸茂，野绿稷埋径。

有雀忽撅昏，掌握复苏醒。

振翅欲遁飞，无奈挣挺颈。

叽喳众雀叫，柳摆桑榕动。

一雀紧追随，翙翙绕悲鸣。

我行橘柚间，伊叫庄稼缝。

我停篱笆后，伊啼闭墙楞。

卞卞救护难，哀哀赏情痛。

雌死雄焉存，颉颃誓拼命。

我惊急松手，投空屋脊并。

咏岳飞

千旌戟仗拥倾城，万骢兜鍪雪崩营。

喋血平胡笳鼓烈，愚忠竟死风波亭！

雨　晴

夏雨高城翠洗新，白云镶日万层金。

湿花水叶珠光海，醉倒闲翁柳巷深。

马兰花

朝旭培身月育魂，紫花绿野散清芬。

山帮地脑蓬勃长，又是闲装伴路人。

宝　剑

仗汝斩蛇兴汉室，拓疆喋血壮名唐。

英雄万古倚天佩，注目何方妖孽狂。

任长霞颂

长霞泪送九州哀，勤政殉职家未挨。

办案爱民廉到骨，英风贯日简装来！

牛玉儒颂

廉政殚公父母官，沙城绣锦病肩担。

丰碑生奠开疆业，亿众泪流哭逝贤！

纳　凉

（一）

盛夏纳凉杨柳处，时清慵坐绿岑郊。

昀昀庄亩肥千里，滚滚厂烟蒸九霄。

蓟藿怡颜禽啭木，黍禾悦目蚂爬茅。

澹飔矮椅消长昼，隔岗颇愁尾气高。

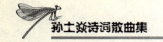

（二）

机车市路喷毒气，净土乐兮杨柳风。

蝶舞莺吟坡草绿，羊咩鸭跩陌桑青。

垃圾难惹螭魍避，蔬菜污堆梦魇惊。

政府烝黎同勉改，届时还我宇寰清！

（三）

退休闲赋国恩赐，晚景安康福感天。

商企繁荣昌四海，城乡鼎盛富河山。

野郊送爽芹菁翠，马蔺沁芳塍埂兰。

假寐渐融鸿宇里，民殷国泰最情牵。

（四）

淡泊名利挹孤芳，茇草芸香弆路旁。

似雪杨花飘稻甸，如金暑日照蕰塘。

稷禾密挤田畴远，楼厂绵延铁轨长。

偓蹇颐神酬世久，任由热脸飕吹凉。

（五）

华夏古国名胜繁，城郭如画柳拂烟。

藏原宫庙连云岭，嵩岳寺楼接地天。

戈壁敦煌陈宝藏，西安秦佣展雄颜。

长城万里外邦慕，梦绕龙门惦乐山。

（六）

北国复虑沙尘暴，市野发威遮日红。

象榻君忧黄坂土，川峦谁毁绿金屏？

裸原撕草风何罪？隳岭伐林泪欲倾。

幸党及时英策挽，刹荒植树扼灾虫。

（七）

贤相孔明诗圣颂，千秋炳迹泰山高。
百揆政务尽躬死，旷世奇才夤夜消。
词烈雷激国士久，歌雄风撼海天遥。
蜀祠杜赋传终古，院柏迄今悲起涛。

《三国演义》部分人物素描

（貂蝉）

美貌如花怀刚肠，贞操拼却奸佞诳。
凤仪亭畔哭泪诉，含垢苟生为吕郎。

（曹操）

一代枭雄挟汉帝，巨猾傲骨斗诸侯。
临薨待妾分香去，何处再寻铜雀楼？

（周瑜）

周郎儒雅倾国配，赤壁破曹挥剑雄。
肠断柴桑疮迸夜，弦哀吴楚又东风！

（吕布）

铠甲枉披彪悍身，略城掉戟艺绝伦。
董卓认父丁原弑，行秽德薄类狗豚！

（曹植）

煮豆燃萁事可哀，扳危华翰展奇才。
归辕挥泪洛神赋，珠阙甄妃入梦来。

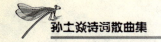
（杨修）

叹梦食酥杨主簿，诗书满腹冠许都。

口捷遭戮祢衡后，碧血头颅落野菽！

（孙权）

雄踞饶吴俯汉湘，紫髯碧眼貌堂堂。

拓疆巧设擒龙计，姨妹隔江成怨娘。

（鲁肃）

君贤謇謇鲁连风，社稷能臣辅凤城。

孝母济贫困米赠，为国鞍鞯断荆蓉！

（刘备）

天下仁德偃蹇初，终能落箸顾茅庐。

云长谁让守荆夏？遗恨伐吴丢霸图！

（诸葛亮）

旷世伟才出卧龙，三国谋划鼎足成。

堪悲伐魏没捷死，天不帮贤陨巨星！

（关羽）

盟誓桃园万古雄，搏鳌匡汉掉青龙。

春秋义盖峥嵘世，魏攘焉能走麦城？

（张飞）

长扳横矛敌胆裂，攻关拔寨吼如雷。

至今乐道将军事，梦里随兄地狱归。

（黄忠）

湘潭老将廉颇勇，皤发骠骑挽宝刀。

为奠帝基临雨矢，征袍敌阵血沾飘！

（赵云）

长坂曹营奋虎威，铠盔血淌透重围。

刀山枪海禅儿睡，不是玄德也泪垂！

（司马懿）

亮死君活世不公，火烧雨灭恨无穷。

三国归晋岂天意？老展宏图踏魏宫。

（华佗）

仓公扁鹊华佗继，谯郡沛国出圣医。

拷死曹瞒冤枉狱，青囊遗卷也焚泥！

（姜维）

丞相兵韬哭跪受，屯田避祸垒西川。

刘禅酒色宫廷溺，复汉神仙也枉然！

《水浒传》部分人物画像

（武松）

魁伟彪躯摔虎雄，弥天血案续奸成。

祭堂醊首哭云雪，震聩骇邻长慰兄！

（鲁智深）

腌臜泼霸郑屠凶，杵炮凿头镲鼓鸣。

宪毙他乡鹰遁后，走出魁伟五台僧。

（林冲）

高俅无赖宠螟蛉，死整仳离陷阱凶。

雪夜梁山活路走，想妻垂泪望苍穹。

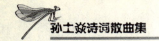

（解珍、解宝）

钢叉猎虎掉樊园，官富蛇蝎狴犴难。

谋害英雄瞋眦裂，破枷怎不反皇天？

（宋江）

澍雨江湖崇敬公，婆惜恶搞宰郓城。

浔阳江畔题诗醉，鸿业鸩亡飏陨终！

（阮氏三雄）

水泊蛟府鼋鼍浴，灏浪托出铁腱身。

歃血为盟端酒壮，刃敌铁志拯乾坤！

（雷横、朱仝）

唱曲娇娘合贝齿，缇衣虎捕窘朱栏。

枷捶护母释逃夜，徒北登程替罪天。

（柴进）

先皇铁券高廉弃，杖拷鞭笞院井抛。

城陷群雄搭救看，昏厥污血孟尝❶糟！

（花荣）

穿杨神箭胜由基，骤马抡枪雪片奇。

刘寨狗头毒辣甚，英雄逼迫跳樊篱！

（呼延灼）

甲马连环崩浪跑，钩镰枪起草丛飞。

金鞭犇鼓乌骓累，旗偃彪躯义帐归。

---

❶孟尝，田文，战国时齐国贵族，战国四公子之一。因"好客养士""乐善好施"而闻
名天下。号孟尝君。

（张青夫妇）

人肉馒头人肉宴，阎罗敢碰鬼能缠。
世间渔掠官绅恨，怒向葭滩撑义船！

（石迁）

狗窃鸡扒如鼓蚤，梁山入伙易辙弦。
卞京徐府偷盔甲，夜鼠房梁妙技弹。

（关胜）

关圣雄风驰骏骥，围城略地震峦林。
朝廷倾轧皇楼暗，草莽横刀斩佞臣！

（晁盖）

托塔天王骨气昂，血男焉放寿辰纲？
赃官奸相獉狉世，缧绁❶欺良寇反昌！

（石秀）

禅舍阇梨淫语腻，雕楼绣幔秽声频。
辩诬杀妇携兄去，翡翠屏山卧巧云。

（吴用）

诸葛法传孙膑❷承，运筹帷幄智多星。
金戈铁马梁山旺，虎穴龙潭踏脏行！

（刘唐）

泥腿豪杰赤发鬼，佩刀敞褂踏风尘。
斫敌掠阵如泼雪，骁将敢摘皇帝心！

---

❶ 缧绁，捆绑犯人的黑绳索，借指监狱。
❷ 孙膑，中国战国初期军事家，兵家代表人物。

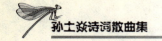
（李逵）

铁牛板斧惩腐恶，赤膊威猛黑煞神。

剪径李鬼瘟畜障，撞着真爷自掘坟！

（杨志）

窘迫卖刀牛二逢，忿杀赖霸万民称。

生辰纲陷梁山去，猛虎终张悍勇风！

（公孙胜）

鹤氅尘屐四海踪，仙风道骨入云龙。

天罡地煞英雄会，聚叛单缘恨帝宫！

（卢俊义）

堪怜河北玉麒麟，绝艺侠肝富裕门。

淫妇恶奴疯狗咬，兰房贼戮血冤伸！

（戴宗）

神腿出庄骏骥疾，飞毛转堑路尘骑。

家书军讯流星递，绿野仙踪义寨期。

（燕青）

智扑任原擂台燕，救主落魄褴褛青。

乔装宋派师师处，龙箫凤管泪和筝。

（武大郎）

烧饼憔侥阛阓❶卖，家妻偷汉戏连台。

洞机忍辱鸡离凤，哪有阎罗鬼狱灾？

---

❶ 阛阓，读[huán huì]，街市。

（潘金莲）

美貌秕朝奴命舛，孱夫矮鄙合欢难。
西门情遂颠鸳凤，戕命家床终溺船！

春日二一九公园

近楼桃杏映波红，草径蝶扑杨柳风。
莎岸莺啼芳草远，春情多滞皖花亭！

闲　题

诗如弃履世俗哀，网络群雄展骥才。
我向昆仑擿藻笑，长风万里待时来！

秋景特写

松鼠剥瓤林雀馋，凤蝶冒虎落邻岩。
老翁示警装鹰隼，雀撵音符遁野山。

冬　至

银霜满地炫霞日，花卸残妆傍柳眠。
楼厦连云临晓路，风清雀吵嫩寒天。

愤　书

爱尺难量女友心，感情发酵猛如禽。
护花使者无着落，昨要婚房今要银。

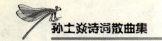
自来水

市拆违房谁蓄意？公水汩汩淌金银！

根坏管擗堵漏难，瓦砾礔泥泉潏喷。

讶看成溪波如绉，蹿路路井做窠臼。

拱头撒欢縠犊样，观者愁楚伤怀透。

拐楼历街造所站，忽悟礼拜门栏叹。

矧早树鸟宿眼开，阶花坪草静庭院。

觅笔翔题所门柱，归来水泉翻蛟怒。

翌晨强忍卒往观，水干拊掌愣当路。

汤河水库附近小庵

（一）

尼墓丹墙露，禅房蕴画秋。

窗含烟嶙树，门纳雾峦洲。

松院鱼声寂，楹堂爨火收。

古庵唯守户，招客盛情游。

（二）

鸟渡晚霞天，松峦傍古庵。

岚乡田黍翠，林岭野花娟。

僧侣烟云没，汤河碧水潺。

或能庵庙久，慷慨墓丘前！

（三）

庵静尘嚣避，秋山野鸟鸣。

林枫织蜀锦，霞彩画图腾。

檐瓦摇蓬草，房垣露柏松。

涅槃谁鹤驾？百感对秋风。

细　雨

昏晓鹊立花这搭，甘霖初濡椆杨下。

鸧鹒啼偶密叶急，蝴蝶葶梢浣霞纱。

春旱得雨云气佳，琼丝宝珠润桑麻。

氤氲郊原风泠泠，暖曤阴空声唰唰。

细雨不见归巢鸦，红醮绿醒野草花。

衣湿脸沾屐印泥，蹒跚甘为蹚水鸭。

辽　河

（一）

河水连天绿野平，渡桥西望海云生。

碧空暮色船樯远，夏鹭轻飞晚霭中。

（二）

苇岸长河破曙开，苍鸥极目入云霾。

碧波溶日推拥去，沃野含山广袤来。

（三）

稻田芦岸绿含烟，水荡河天景黛蓝。

亭午渡桥朱夏酷，草丛鸟浴海云端。

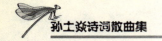
汤河水库

巨坝劈面起，硕硕横谷涧。

逴逴库藏阔，倬倬围峦现。

骄阳暑火燔，晴空云洗靛。

库深浸地轴，远望漫天堑。

螭蛟宿泥窟，鲢鲤腾库面。

潆洄涨山崤，苍茫碧澜卷。

库闸放流清，渡艇泊荻畔。

节假垂钓频，雨洪储高堰。

供水诸县市，旱魃田亩灌。

崔嵬景壮极，洄波登浩瀚。

下坡犹回首，坝掩峦路变。

市 场

市场摩肩旺，楼街涌客流。

果蔬污染叹，拎袋九州愁。

悲 歌

风吹叶似蝶，芳草暮秋歇。

慷慨人生路，悲歌落日斜。

丫 蛋

丫蛋兜兜白兔装，翁猜玩具错搭腔。

捧出宠物花前笑，苹果脸庞霞彩镶。

诗　仙

诗仙千古风流去，诗圣华章翰海埋。
空有舒云拿月手，眼观书市透髓哀。

选咏《红楼梦》人物

林黛玉

（一）

潇湘馆冷斑竹泪，烛映怡红合卺花。
丽妹红楼香殒夜，繁弦醮宴送眠沙。

（二）

纤指拨琴诉晚闺，雁书乡远锁娥眉。
瘗红雕翠柔肠碎，湖苑泪流悲落晖。

（三）

鲛帕猩红敲玉枕，夜深风露透窗纱。
拥衾吟望藤萝月，悭照泪颜多照花。

（四）

仙姬谪世命多乖，蕙质兰心翰逸才。
春暮葬花芳苑处，后谁香骨葬卿埋？

贾宝玉

（一）

贵族纨绔骑骢马，官宰华冠赫圣朝。

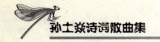

唯有顽石俗世忤，粉裙钗队仕途逃。

（二）

黛玉知音情缱绻，抗争缧绁锢绮园。

缘终牒渡裂裟去，肠断红楼苑榭烟。

（三）

霜刀雪剑扼残花，酷世如圊挣锁枷。

粉黛忍瞧凋谢去，无情流水葬溪沙。

薛宝钗

（一）

薛家闺秀海棠如，礼乐诗酬冠帝都。

俏脸观园明月灿，太真❶妆罢笑出屋。

（二）

玉馔罗衣富贵乡，裙旁芍药笑群芳。

乐旋贾府美德誉，兰趾尘封紫陌长。

（三）

佳丽金陵揽桂兰，众芳争艳贾观园。

宝钗隶属阿乔部，风日昏灯伴绣鸾。

王熙凤

（一）

心比蛇蝎貌似花，擅权贾府俏当家。

机关算尽荣华尽，病榻托孤泪满颊。

❶太真，杨玉环。

（二）

缬帔罗襦称凤辣，风骚侃笑美娇娘。
燕窝熊掌饕飨够，粉黛聪黠病象床。

元春

帝阙贵妃深九重，省亲凤辇诏殊荣。
御灯幢饰摇金紫，粉面偷啼故苑中。

探春

治家风范镇婆军，嫁路岂思汉昭君？
黛眉颦愁巫桂水，樱唇抵恨蛮夷春。

迎春

嫁夫禽兽回哭诉，封建婚姻杀汝刀。
弱女摧残千百万，迎春长夜怎煎熬？

花袭人

伺奉呆爷邀主宠，温敦愈慎葑菲身。
淑房锦褥龙虾帐，兰麝扑鼻醉死人。

秋菱

薛猪何物打秋菱，凶悍桂花狮虎情；
四望唯悲逼缢死，宝钗掩泪救没成。

紫鹃

撮合宝黛好红娘，苦命主仆抛异乡。
主死寂寥竹馆冷，明朝何处寄行囊？

尤三姐

卿比蔷薇期盛夏，梦绕魂牵苦相思。
盼到晴天霹雳处，宝剑刎脖酬郎知。

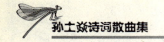

尤二姐

鸩雏鸷鸟敢邻巢，罂粟香兰竟混淆。
卿咽金时明月晚，楼园肠断赴阴曹。

惜春

性懦袅娜尘世腻，香闺红袖静禅娇。
婢妈聒耳读书卷，又伴庵姑妙玉聊。

史湘云

画栋雕廊茉莉风，酡颜憨睡醉芙蓉。
搳拳诗宴钗环绕，侠骨柔肠果是卿。

妙玉

小庵尼院红梅绽，花树仙姑姽婳香。
静伴青灯遭孽障，匪劫罹难哪山乡？

晴雯

争春无力弱娇身，美貌反成酿祸根。
孤婢岂能山岳抵，临终含恨海湖深。

平儿

紧跟凤姐贾琏憷，俏脸细眉云髻盘。
鹦鹉学舌甭怪俺，奉迎上下踧踖难。

鸳鸯

贾府鸳鸯伺贾母，色魔贾赦馋涎吞。
祖宗刚殡赦逼恶，智慧鸳鸯断慧根。

贾母

福寿颐颜富贵身，穿金佩玉享奇珍。
礼循祖佑欢筵晚，长愿宁荣显赫春。

王夫人

母严面板如霜雪，儒教祖濡钗钿官。
贾政回舆接旨日，披枷闵圖泣皇天。

刘姥姥

众姐揶揄刘姥酣，绤衣带酒卧华轩。
观园树倒筵席散，皤发巍然赴楚天。

悼念姥姥

慈祥面庞铭脑海，清明烧纸遥祭奠。
钱灰风畏相拱送，郊夜乡邈泪流甸。
孩提姥家隔绿岵，柳溪荆篱桑麻路。
亲我炊饭热炕话，狗昵鸡围猫咪顾。
艰苦饥馑六二年，黍棒槐花菜面掺。
城市回乡探姥姥，风袖龙钟泪眼寒。
姥姥偷煮猪肉块，硬塞我嘴道解馋。
阖家半年缺油腥，每忆斯境涕欲泫！
目昏眍瞜白内障，灯火燎身身烧烫。
至死闻知悲惨景，无福长痛怨瞽望。
今朝富赡吊姥姥，憾情悲绪慰蓬蒿。
乡富坟茔舅姨祭，死空萤火照蔓草。

牡 丹

（一）

未施粉黛已销魂，锦簇花团俏美人。

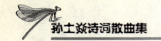
枝叶轻摇娇欲语，客前香透绿罗裙。

（二）

谁比倾国杨贵妃？芳容绝世醉花魁。

连天曙色红霞艳，承露雕盘溶月辉。

（三）

客醉秾华帝里夸，姚黄魏紫胜仙家。

满园锦绣播香远，拼尽青春始谢花。

（四）

旭日红妆带露成，苑湖倒影碧无情。

玉苞金蕊天香撒，可晓花痴醉画亭？

暑 热

（一）

暄日铄金石，暑热欲蒸昊。

汗流浃衣体，袒胸如火罩。

蒹葭半枯池，春播泥裂稻。

如何天雨渐，常变云絮帽？

炎炙鲫鱼焦，热灼蚯蚓躁。

土壤蒸板结，淀渠洼淤冒。

鞍钢汗淌拼，市政暑膀摽。

激战城乡野，哪管热毒抱！

掘井救粟欢，钢流穑脸笑。

天热情意殷，抢产补巨耗。

热浪重叠袭，高温燠闷燥。

温室天公怒，酷暑热劲爆！

（二）

洪炉悬宇宙，焱威荼朔方。

热逼河伯宫，光曝万宅窗。

畹堰庶龟裂，岑峦思昂藏。

石烂巉岩矬，土刮马路黄。

仲夜楼室闷，郁蒸草席床。

糟风虽丝有，腆肚盼带凉。

因想戍边将，酷暑卧冈梁。

蚊蜱蒿丛咬，所愿国疆昌！

转思钢炉前，钢花灼脸忙。

油井泥汗淌，体场战旌扬。

媲愧差渊岳，深眷脯华堂。

熄灯任汗湿，抗暑延月光。

夏旱喜雨

甘露降朱夏，吝啬缓岵陆。

唰唰湿田禾，淅淅濡乔木。

漫汗霖霂施，迷蒙云封路。

困蛟喜犁波，渴麕欢张目。

怡爽襦衬豁，濯空腑热吐。

但愿霖雨多，款撒人岂顾。

侧耳雨点繁，仰首鳌云渡。

遮纳尚晴晏，阴霾潆雍沍。

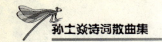

放神情酣极，泪缕知何故？
溽洒恐暂歇，遥向夯天祝！

皂 燕

旧巢竟觅得，云程风雨遥。
夫妻梁栿语，瞥眼主家瞧。
已递绍兰❶信，红线系哪朝❷？
向人呢喃意，年年停灞桥。
害虫擒累累，哺雏何辞劳。
叼泥杨阡俊，捉蛾柳阜豪。
春冲岱岳雪，秋渡钱塘潮。
慕君窈窕姿，林莽避鹞雕。

夏 旱

稻谷晒欲焚，草木叶半枯。
旱魃旷野笑，潜龙哭泥窟。
羲和纵白日，祝融虐皋途。
炽热雨师阙，人喝殃禽畜。
担水救旱黍，钻井拼酷暑。
人沸农庄田，车忙城乡路。
天旱愈抗争，官民摽膀促。
摒陋科节灌，补播护墒亩。

---

❶绍兰，唐代长安绍兰寄书感夫故事，见王仁裕《开元天宝遗事》。
❷典出《丽情集·燕女坟》，见《元曲三百首》。

拓宽破旱灾，富径棚菜储。

殷殷雷雨盼，旱魃赑屃舞。

铁志天灾扼，挥汗擂战鼓！

夏旱再雨

天公怜悯施雨露，忍看丘原荒臞不？

初类浼汁滴疏禾，绍续密洒干渴树。

病叶瘘枝挺肚舔，蔫花萎卉焙热吐。

自从伐林债植被，荒漠泥流罨园怒。

空涴地污河湖脏，雁离雕亡人兽慑。

蝇利孽重生态毁，幸党巨资补天漏。

治理污淤还林草，修堤固沙限垦牧。

再雨喜歌旱象缓，风弦雨笙商羽骤。

笃愿天人肱股协，林薮屺荫走麋鹿。

盼 雨

暴晒田禾毒日凶，旱魃热舞到龙廷。

北国盼雨望穿眼，恨欲塞天万里绫。

路 景

楼院丁香探过墙，怜香窃玉粉蝶狂。

谢娘笑靥苏娥美，谁理花前皤发郎？

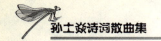

蜗 牛

蜗牛热吻压花枝，至死情浓一梦痴。
飞蚁相逐初月夜，深心何惧燕来时。

邻 翁

邻翁昨殡赴阴曹，腐草归魂月岭遥。
繁衍千秋鳌寿几？赢躯长倚落花桥。

农 药

农药污果蔬，剧毒逾砒霜。
滥喷愔嚚极，环球呈癫狂。
圳丘植表坏，禽兽罹祸殃。
蝼蛄虽敛迹，蛤蟆伸腿亡。
土质变板结，秽达海和江。
增产家园危，遽取野畴僵。
环保药已售，生治兴国邦。
砷厂莫鬻恶，尺蠖嘲科盲。
况值世贸入，锢鄙怎鹰扬？
农兄快醒悟，早投绿禾乡！

蝌 蚪

晚曛红蓼觅食游，如带墨群浮碧湫。
隔叶蛙妈来客恼，故挠霞水乱芳洲。

千山[1]寻题

（一）

莲峰千座彩云间，古刹松围倚翠岩。

闪闪飞禽投雾谷，声声钟磬透烟峦。

（二）

似雪梨花绿壑稠，春岚扑面塔林幽。

房奴潮客休闲未？林鸟陪君胜地游。

（三）

草涧松溪寺庙连，菁林错翠露薨檐。

香烟缭绕佛台拜，僧侣花前奏管弦。

（四）

林茂花繁风日酥，层楼松海暮春初。

合家拍照莲峰顶，花底郎怀躺靓姑。

（五）

道观崇楼紫气开，琼花仙草绕山斋。

静修福地清灯古，鹤驾蓬瀛几刻来？

（六）

佛堂道观人接踵，锦簇花团亭榭开。

神侣九天霞帔立，仙翁联袂转兔来。

（七）

青松倒挂云崖壁，宝殿放光霄汉间。

---

[1] 千山，全名千座莲花山，在鞍山市东郊。

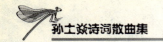

林岭连天峰磴望，拽裾翁媪陟华巅。

（八）

庙宇连山天裹岭，松涛海卷到林亭。
宝幢迎客悬灯彩，金殿帘扑香蜡风。

莺 梭

杏脸桃腮芳草新，病翁找乐逛园林。
莺梭织柳机声巧，啼罢香岚又绣春。

迟暮叹

春日逛园迟暮叹，古今谁赞晚霞天？
莲峰无语云霄立，湖水漾波年复年。

秋日游市二一九公园

清秋荷叶湖波举，客醉菊花阆苑亭。
假寐枝摇筛日爽，拂堤杨柳最牵情。

洗 澡

沐浴骨肉舒，皂水洗垢腻。
胴体澡堂里，是耶燧人氏？
蒸腾良莠坐，淋漓贤愚立。
尚闻黑浴池，接客嫖娼妓。
色头悬利刃，财脚窀夯地。

冷瞧欺世爹，觊肚露霸气。

猎食鸥鸺凶，戤利甜似蜜。

下车名堂进，心秌几时剃？

洗浴伴终身，孽业谁能替？

社渣快泅岸，达官慎警惕。

多耽红楼梦，梦醒枷锁系！

最美身心净，宇宙法规细。

劝君洗涤时，多想人生戏。

藏族邮递员打珍扎西事迹有感

糌粑备马背，崎岖邮路行。

狼嗥密林挡，熊蹲巉岩封。

天积洪荒雪，地凝古川冰。

烈日忽雨雹，降温似寒冬。

炊餐风灭灶，夜宿兽扒篷。

远户云雾端，日夜劳攀登。

厄壁撑镆铘，玄崖吊鼎钟。

石塌裹土砸，雪崩避崇陵。

撇家妻孥怨，颅伤能不疼？

藏原风雪里，夙愿瞻华京。

乌　龟

渔翁捕鱼得乌龟，搁置屋内喂鱼食。

翁出龟啜卧箱底，舛意馔栖水族离！

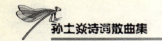

湖泊通海茅屋近，翁送乌龟湖岸泥。
漆字龟背昭世庶，龟眼噙泪示感激。
湖岸沮洳芦苇茂，翁望龟影烟波息。
三载此刻谁能记？黄昏返家瞠目奇。
翁瞅龟盯四目殷，介鳞殊类眷意极！
缓爬翁脚背字添，伸颈依翁憨脸昵。
嗣后遵时顾探翁，风雨无阻情不移！

杜甫吟

社稷萦怀老泪流，痛心战乱祸神州。
尸堆柳陌熏霄汉，血淌花街溅凤楼。
笔扫峦林难泄愤，气吞湖海怎消愁？
感今盛世临屏叹，诗圣竟瞑归路舟！

登楼望远

纵目辽原阔，凭栏望海楼。
笼烟城厦耸，渤澥凫空流。

牡丹咏

牡丹香满洛阳城，盛世奇葩相映红。
粉瓣织成苏绣艳，倩枝刻制玉雕工。
痴迷今古吟骚客，引领乾坤奔富风。
老朽芳园国色赋，触怀倾泪碧丛中。

赞西双版纳森林巡逻队

西双版纳原始林，苍茫媲美神农架。

瘴丐湫洼蟒蛇出，枸橼纠藤菝葜压。

歃血蚂蟥多如麻，毒虿扎查羚鹿怕。

朝登薜荔山之阿，暮宿烟萝泐石岔。

獐豺枭鹞嗥复啼，竹篁紫檀古榕大。

饥膳渴饮不可论，陟岭盘盘湿云挂。

狩猎采伐日见稀，疆场严阵对恶煞。

世界宝藏得庇护，象雉百灵安栖话。

又觑森林起篝烟，蹼围匍匐只刹那！

屈 原

（一）

楚榭深宫钟磬乐，沅湘屈子辩骚哀。

龙舟盛赛碧波吊，揩泪招魂新宇来！

（二）

咏唱骚歌月渚白，佩荪峨冕铁鍪腮。

满腔悲愤风霜夜，泪洒江潭动地哀。

（三）

梅比彭咸梦里期，茹芝泽畔女萝衣。

忧国情似沣沅水，日夜东流绕故蹊。

（四）

木落洞庭涵水空，宓妃凤帔彩云中。

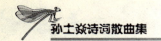
国殇秦掳情难诉，痛楚沉江送旧廷。

看中国男足

（二〇〇〇年亚洲杯有感）

绿茵场上坎壈因，苎蒻换株变苘麻。

募赴巴西健力宝，勍敌不敌白昙花。

超级球星楄柠地，化作蜜饯绛唇滑。

雕弓射月成画饼，泪望铩羽归国娃。

欧美劲旅强抵抗，动如獬豸撕陂崖。

攻防旋风荡落叶，传接流水灿明霞。

临门卓跞寒暑练，定位褆襻餘艎划。

进步显著杨晨等，骎骎扬镖碧瞳家。

稔带妙传强对垒，扑兔苍鹰意何恧。

弈棋招冷牵敌鼻，刮目东瀛并枝鸦。

喜见道旁嫩叶

地球之肺屡窬割，地球之肾屡损耗。

马路栽树舒叶芽，我瞧怪颜停足笑。

绿化郡市澄浊空，筛尘湔垢净城墺。

想象旖旎翠华景，孰忍呛鼻尾气超？

我笑我歌情深厚，嫩叶虽小瑛璘妙。

市容靓丽赖尔扶，森林湿地疾呼要。

环境腌臜环球病，尔生任重莫轻撬。

莳浇庇护待成材，树冠茏葱林城眺！

人 参

古木参天兴安岭，林海深窅峰峦崒。

畴昔被雇挖山参，结伙发轫白桦麓。

主雇林隙刮篦搜，熊挠虎哮惊狍鹿。

风餐露宿荆棘伤，滚嵴爬坡潭岩渡。

一日闯逮云雾峭，倾盆暴雨倒茅菟。

临旰厥冷肢体烫，累浇骙病谁恤护？

主悭病恶晓营空，烧吐拘挛命如束。

疼晕几觉掐捏爽，张眼白娃红兜肚。

胖手莹玉纷推拿，稚咀温慰清额目。

病愈众归告蹊跷，主喜密谋宵达昼。

娃来众藏你腼颜，娃返悄跟系线助。

终杳密椴线蘧挂，参枝灿然菁荛漏。

百卉臣围捧草王，巨蛛罗网守灌木。

红绳圈参土石截，蛛怒群殴毙荒芜。

参精掘出炫山岳，千年人体好肌肤。

归路主捧你窥时，猛觉参动身抽搐！

记大连三道湾鞍钢度假村

（一）

鞍钢度假村，渤海岗湾邻。

杨舍青禾野，楼墙绿柳林。

花馨莺啭树，夜谧蟀鸣琴。

鏖战刚休憩，蜻蜓带酒擒。

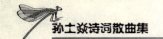

（二）

寓外飘泼雨，帘垂浣绿洲。

决河牛女怒，沤殿海龙愁。

礁岬乌云没，山村密霈收。

混茫车驾阻，出视养虾舟。

（三）

雨浇田黍胖，雨大客留房。

岛宇云泼墨，坛花水裹黄。

前屯杨柳树，后壑薜萝墙。

白箭倾天瀑，溟蒙览兴长！

（四）

拄杖虾池过，鸥添望海情。

蒿丘随野岸，岬角起云峰。

鸣鹤飞霞水，晨烟飘屿空。

海潮翁到渺，万里碧波平。

（五）

细草回汀岸，轻鸥舞远浔。

碧波升海日，青谷浴晨雯。

张目渔船聚，抬足贝蟹邻。

情偏国盛有，谁禁老童真？

（六）

天际飞鸥鹬，荆棘冒岗尖。

贝岩停履近，石堰转身衔。

旷野云绵曼，滩涂水绕环。

喜心埼海远，拂袖到虾圈。

赏　春

花撒满头蝶落身，异乡杨柳翠华新。

客居巴蜀云天外，故野悠悠入梦魂！

春季游市二一九公园

（一）

翁醉邀蝶舞翠轩，东风给力水云闲。

世人哪懂庄周趣，看俺花前翩若仙。

（二）

湖波炫日柳遮亭，蝶戏松廊娱晚情。

莺唱林梢花照眼，丹青纵画画难成。

长江三峡工程颂

库坝筑未竣，凌空长江截。

岩壁郁对峙，钢基地脉贴。

巍峨巫峡耸，逶迤瞿塘接。

矶石削嶙岣，嶂崤断重叠。

塔吊云端装，斗车危岸卸。

浩瀚三峡沸，连营征战烈。

浔域喧昼日，灯海晕夜月。

土邪硬骨啃，险关科技灭。

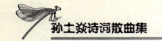

神禹捧泪叹，邦友瞩目切。

国步寰宇雄，天堑江峡越。

假日连轴转，雨雪挥汗热。

愈建工程艰，破碍江天惬。

初坝即宏伟，坝竣盖五岳！

游沈阳故宫

规模满族味，气派尚恢宏。

我摸宫闱墙，颇兴吊古情。

进谒金銮殿，静瞻御宸宫。

戚桧鳞皮古，苑葩寂寞红。

敞院无皇爵，庭樾失簪缨。

懋仪安在哉？帝威锁尘钟。

诹咨清朝史，盛衰烽火并。

晚腐夷辱期，闉悲楼阁痛。

践阶忆乾隆，登室思雍正。

民瘝恨慈禧，朝终末帝剩。

今览陪都殿，国泰四海靖。

旻空朗日照，凭栏花露重。

蚂 蚁

蜥蝎蛇蝎田岗避，栖栖陋室运泥忙。

劬劳难有饟饎乐，为嗣拼搏报蚁王。

石

女娲曾补天，谁撞不周山？
收泪红楼梦，再结三世缘。

酒

举杯娱晚景，花簇盛朝芳。
流水生涯远，羸躯带醉狂。

梅

冰蕊破寒开，香留处子怀。
岂知芳事尽，不语落尘埃。

松

苍松护陡岩，土瘦飓风掀。
昂首云霄上，身披冰雪悬。

竹

筠韵聆吴越，青篁翳蜀秦。
高节标万古，直干竖乾坤！

菊

东篱锦绣枝，迎客傲霜时。
美誉传千载，依然旷世姿。

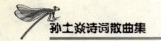

咏怀诗

落花风里春蝶舞，唱曲林莺翘尾乖。
草地舞台翁大乐，情随野景咏诗来。

思 婿

思婿黛眉愁，霜浓度晚秋。
残花明月影，和泪落芳州。

夜 游

芳草松间敛月华，香浮槿径露滋花。
夜游独步惊飞蚂，星晃塘波鸣野蛙。

感 冒

感冒霜窗祁曙望，晨昏拥被坐雕床。
盛朝苍貌羞白发，豪趾天涯想异乡。
建厂崔嵬秦岭驶，携妻浩瀚大江航。
病余回顾千年慨，笑泪滴珠拭脸庞。

又叹辽河

溷流近岸满河冰，渤海隔云伫望平。
春至污源逐日厉，凭栏杆处似吞蝇。

贺中国航天飞船首次试飞成功

浩瀚宇宙万世谜，黑洞慑魄星云奇。
缜密韫奥深难测，仰望星空神色迷。
美俄宇航先捷登，月宫天宫称骁雄。
科技恢弘多缩首，今我壮举展鲲鹏。
火箭跻空矞云起，烈焰狂喷卷霹雳。
璟璟瞬视破天阙，光华万丈梦寐里！

水

水为人需燃眉急，湖河半污没脸鼻。
地水采噘塌陷惊，拓荒毁林山坡瘠。
虾鳖病瘘鱼蟹畸，浊水难饮鸟兽离。
逢旱更糟愣厨房，君安熟视同贱泥？
沙漠冒火水如金，漂海嗓渴望虹霓。
高原缺水挑蹒跚，古迹饿殍堆旱堤。
生命源泉命攸关，君何荼毒践踏极？
节水治污势严峻，君若良知脱华髦！

天安门颂

（一）

碧薨炯炯接旭日，城阙闳闳送星辰。
闾阖烽火浩劫昔，崒楼彩绘盛世新。
白玉华表峻耸久，赭色宫墙绵亘深。

097

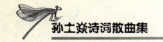

瞻仰国门忆国庆，旗海花山蔽青云。

领袖开国挥巨手，亿众欢呼四海震！

元戎荟萃国门顶，百战推出新乾坤。

手揾金水桥栏亲，目睹观礼台身近。

港澳俱归鸿愿现，泪洒广场基石根。

国旗舒卷曜彩虹，国徽庄严悬崇门。

领袖巨像慈辉放，古都广厦花街馨。

敬览情豪傲世纪，神州龙腾处处春。

楼门新貌更堂皇，灯盏永照国风淳！

（二）

祖国隆誉播四海，摸门仰望喜泪溢。

国都敬瞩国旗升，心潮澎湃振后裔。

神农黄帝古轩辕，跻身慕看白云间。

红灯高挂红楼矗，枓栱拱挑苍穿烟。

城垛巍巍华表伟，画栏峨峨绮窗美。

五十华诞每回顾，栉风沐雨国基垒。

外宾荣览留倩影，国士淑媛登豪兴。

国都国门国徽看，涉水跋山美梦成。

草原羊羔偎母紧，飞鸟宿燕恋故林。

今我徘徊广场侧，哪管日尽暮霭深！

天安门广场人民英雄纪念碑颂

（一）

烈士英灵筑碑祭，雄碑岜峣摩天日。

下镌硝烟鏖战图，头颅热血抛洒际。

芯芯花丛万民瞻，皤皤松墀千泪集。

朝送人潮汇风云，暮迎灯海醉虹霓。

丹心昭昭明日月，壮节浩浩配天地。

鲜血染得国旗红，忠骨奠基山河丽。

身伫碑台碑台悲，风抚蕙兰蕙兰泣。

青少群誓铿锵声：再创辉煌继遗志！

掣电拽雷跨新宇，雄碑广场岱岳立。

永激后辈对天门，永保国昌镇邪逆！

（二）

丰碑高耸花坛静，云蒸霞蔚傍天庭。

主席枢堂相伴守，彩瓦釉砖扃匾宏。

曾经喋血战矗烈，杀敌疆场搅青暝。

百万踣踬驱阴霾，血肉筑成新长城。

摩挲碑石铁骨硬，放眼碑文笔姿雄。

中溶各界先烈血，内铸中外俊杰灵。

敬挽缅怀皆垂首，默哀激励感殊荣。

丰碑广场垂盛世，千年登临意无穷！

蛙　声

蛙声耳判荷塘处，红蓼偏摇碧草间。

雨后蜻蜓蒿叶落，拨茅险踏麦菽田。

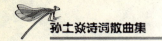

童趣一首

蝶样兰花琥珀黄，嘉蔬日照满园香。
随妈浇水园畦里，邻院蝴蝶飞过墙。

枫　叶

（一）

丽日彩霞着意染，秋拿画笔又深描。
蝴蝶偏向红枫落，招惹诗翁带醉瞧。

（二）

似泼霜叶猩猩血，谁比浓妆美女唇？
朝旭入林添画景，倩枝临水最销魂。

冬日眺望

冬日黎明郊外雪，寒林古镇眼前山。
情随沃野连云阔，楼厦披霞耸碧天。

晚　春

（一）

柳带缠莺蝶恋花，芳菲满眼笼烟霞。
菀林日晚藤萝翠，情注农楼桑枣家。

（二）

雨打梨花深闭门，偎郎锦褥醉芳辰。

窗含云岭千重绿，对雨问花谁可人？

（三）

松鼠樱旁遁椴林，松涛成阵鸟连音。
更歇春暮梵花地，林壑遥听奏磬琴。

春景戏题

雪挂天桃映彩霞，恍如仙女挽轻纱。
新春美景阳光照，粉脸湿成垂泪花。

清　明

（一）

英雄陵墓国民祭，松映红旗铁誓宣。
刀劈三山流热血，缅怀昂首屹东天。

（二）

清明扫墓翠松山，祭祀万家烧纸钱。
幽府阳间悲永世，酒食泪摆爸妈前。

晚　霞

穹庐绮霞绯，夕照金橘黄。
城宇浴艳彩，野峰漏辉长。
冉冉晴雯厚，潆潆暮霭苍。
斑斓炫神目，璀璨明秋塘。
惊凫上云表，鸣蝉哑杉杨。

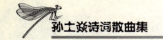

紫霄织锦绣，河山绚缇缃。

气括云梦泽，势盖嵩泰梁。

谁谓绘景暂？瑰伟壮龙乡！

商隐古原嗟，王勃赋华章。

叶帅夕阳颂，佩咏楮墨香。

浩瞻老骥奋，慷慨夜幕藏。

余热馈天地，晚景逐辉煌！

续北宋诗人潘大临残句"满城风雨近重阳"❶

满城风雨近重阳，遍野阴云望帝乡。

杨柳雕残花萼冷，浪拍赤壁慰凄凉。

下 棋

楚汉交锋道路崖，豆芽菜对胖冬瓜。

臭棋篓子扎堆坐，赢者嗑多笑掉牙。

赞王芳

（一）

黑山瘫痪女，奇迹锦州城。

倔犟岩石草，艰难隘壁松。

依妈厕盥卧，靠铺写抗争。

---

❶ 据惠洪《冷斋夜话》载，潘大临工于诗，贫甚。临川谢逸致书问："新近作诗否？"
答："作一句，闻催租来，就败意。"

社会温馨报，金莺话筒鸣。

（二）

罹难身残病，志坚效海迪。
床桌思虎豹，轮椅欲鲲鲵。
撰稿风雷奋，讲台肝肺激。
生年丛胝献，寿尽做蹊泥。

（三）

死愿捐躯脏，活羞酒肉徒。
梅花霜雪朵，盛世楷模姑。
热线增博爱，瘫身命运殊。
友扶轮椅笑，岂为稻粱谋？

守岳父灵堂

党业敬职献，劬勤英模效。
雷峰并厂荣，孟泰促膝傲。
病榻眷厂企，黉语老泪掉。
栓瘫楼间望，白发苍尘貌。
此刻灵堂悲，挽歌花圈悼。
生年旧苦尝，常叨新世笑。
丛胝劳街厂，阽危抗灾瀑。
古稀儆后辈，英烈血史教。
临瞑尚嗫嚅，死面厂域道。
钱箔扬灰烧，挽乐揪心绕。
谧夜灯盏凄，阳昼檐雀唳。

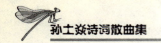

魂慰辞妻戚，喜化崖花俏。

贺男足冲击世界杯成功

米卢神教破怪圈，国脚联赛铁鞋穿。

育得乾坤麒麟手，来劈日韩球坛山。

热泪滂沱五里河，球迷夜拥狂呼歌。

一洗曩日铩羽悲，闯关搴旗胸臆豁。

折戟沉沙几寒暑？精卫填海衔石苦。

国运昌隆球坛盛，洋裨洲逾势搏虎。

获胜砥砺再跻强，莫学别姬楚霸王。

扶桑捷径欧美徂，岷耸钧天峰麓长。

欢庆人河神州裹，爆竹喇叭声如泼。

斯刻扬眉华夏醉，明征世赛旗似火。

颂村支书郭秀明

（一）

啜泣支书送，沟民止泪难。

荒陂修路病，岩屺造林先。

尽瘁石峦顶，疼弯庑畹边。

癌撑勤政了，瞑目惠家天！

（二）

村官瘠壤斗，玩命铲穷根。

褐褂石磨破，沉疴土压深。

率群拼夜月，联户战夕曛。

乡峪庐园改，君离瘅泪频！

（三）

贴补常年拒，倾囊赈济民。

情挨贫寡老，心挂困孱邻。

腋下癌瘤肿，山坡汗渍新。

为官燃蜡尽，屯野笼悲音。

（四）

赒救三轮卖，群赎泣泪回。

党恩铭骨感，官好捶胸悲。

迹炳云山外，名清史册垂。

英雄劳疢殁，日月伴德碑！

冬日眺望诗

（一）

楼接霄汉沐朝阳，云岭腾龙入雪乡。

松柏风吹抬眼望，病躯直欲驾鹰翔。

（二）

闹市高楼列笋林，莲峰霞绾吐红轮。

雪铺原野云天外，谁懂嬴翁赏景心？

大雁曲

嘹唳声酸撕心肺，劫余群雁觳觫立。

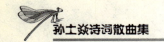
君快颐朵眉眼喜，雁悲荒泽流血泣。
嘶叫俦侣鳏寡痛，痴唤稚雏父母觅。
野沼鱼虾伸喙难，颟颔躯损怨天际。
旅程暂定沘水西，群雁泪别伤心地。
水塘曾照妻羽衣，羽衣婑容枪响毕。
弟想兄长子想母，愤泪哀音暮秋厉。
风兼月淀辁首眠，明看青天短雁字！

读金庸武侠小说

新派武侠文坛宗，笔扫渤澥如卷席。
智撷古籍璇千斛，囊括世纪闾阎奇。
写情悲挹肺腑泪，状物淋漓酣畅极。
情节跌宕回肠曲，构思扑朔云雾迷。
侠窟酒垆豪杰走，林莽京畿枭雄离。
陷阱险厄殿树榭设，大憝巨猾嗟何及。
俦张善懿较弥彰，广陵曲散夜楼笛。
颇叹英雄江湖难，难如荆棘涩险蠛！
虫豸禽草百毒齐，靓女青姑各迥异。
灵鹫宫姥婴孩日，武当鼻祖狂草夕。
忠亶奸宄得褒贬，诙庄戏剧妆抹宜。

下　岗

下岗蒙被慅，万虑胸纷纭。
大潮莫颓废，暂蹶终骏奔。

经理保姆改，落差一何深！
发轫辞金舆，昂装出风尘。
师教顽孩家，仆伺帝力勤。
劼劼移山志，遭遭就职门。
稚顽雇皆惧，蹭蹬育鹜辛。
穷智遵轨板，竭诚孟母殷。
栉风送归晚，沐雨迎早频。
耕耘果厚报，雏鹰振翮新！
家主感佩喜，妻女拥慰亲。
挺膺对故旧，畅怀睨青云。

路拾木板渣上带锈钉

板渣虽微物，锈钉喑悍厌。
固板骈俪立，泥尖瘸瞎骗。
鞋戳英杰损，脚扎麒麟限。
且锈恶菌聚，深忌忘华馔。
入体脏器潜，剧病酆都陷。
大意失荆州，蝼蚁溃堤堰！
曩昔髫年痴，锈钉砖堆践。
血脚跛跷拐，扎绑医院案。
今过窃疚责，再步愧怍占。
蹲拾垃圾箱，窘姿回傲岸！

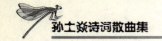

螳　螂

（一）

掀幔拙荆指，螳螂入睡乡。
红曦明翠影，斑雀唱绮窗。
缩颔歇躯静，凝瞳抱臂藏。
归途榛草远，或梦菀花香。

（二）

翌日栖如故，干喉少露浆。
爪趴楼宇稳，尸寝室帏长。
泥守忧饥死，飞腾怕鸟伤。
纱窗留孔窦，夜幕返山乡。

羽　虫

羽虫似窬贼，纷纷拱窗缺。
良莠鱼贯入，老幼比肩偕。
灯辉围舞蹈，聚会安肯歇。
密匝是蠓蚋，蹭撞定蛾蝶。
恣意惬欢为，屋满后续楔。
叹息困闭灯，失光彼乐憋。
天明扫帚底，尸骸堆能捏。

响尾蛇

南美沙漠烈日烫，帮生蕨薇仙人掌。

荒碛炙蒸无人烟，瀚沙弥天摞丘岗。
蜥蜴饥渴该饕飧，毒日热沙酷难挡。
适时沙丘肉尾竖，似糈隹摇迎风响。
蜥蜴踌躇馋眼昏，硬闯被咬抽搐身。
颅脖噬碎蛇腔内，骸骨无存惟残鳞。
蛇类人类多鬼蜮，陷阱诱饵奸慝续。
警世千古血案惨，劝君拔脚慎莫误。
恶有恶报强更强，此溪哐彼是蛇王。
彼捣王怒吞咽彼，彼亡沙寂风日常！

游北京戒台寺

云岗燕山脚，偕侣登燕山。
蝈鸣榛麓里，鹃翘栌荆间。
伊掐菊菁葵，哥揽碧溪兰。
嚣岭托茅磴，峻峰回松峦。
谒庙佛僧肃，炉鼎散紫烟。
禅院跻何处？岚封翠华巅。
金殿鸳侣惬，草亭花蝶娟。
垣眺空云矮，窗映野壑宽。
兴豪岩泉侧，飘若天阙仙。

读周易

三生石畔孟婆汤，地狱轮回事渺茫。
宇宙玄机周易在，按图索骥也张狂。

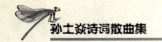

自 况

草根育土碧空擎，砖砌高楼映彩虹。

老朽身微城宇赋，豪街广路唱东风。

风雪桥头

风雪桥头看病回，躬身怯步颤巍巍。

人临老境悲难诉，倚杖溪桥涕泪垂。

感叹世情

汽车大鳄橡胶哥，影视明星迷彩婆。

万象垂帷朝暮演，管他日月转如梭！

风

盼盼云霾厚，风姨蓦地凶。

塑皮旋似鸟，尘屑舞如蜂。

桉木簸箕摆，榆柯铁弩倾。

阖窗祈雨望，风止却晴空！

入 世

（二○○一年）

入世举国掀喜波，万方麇聚赛云萝。

好男商海智搏永，浪遏飞舟纵棹歌！

早　春

（一）

树想翠华衣，花无冻草稀。

粘寒冰雪胜，峰冷暮云依。

（二）

二月风锥骨，祁寒青藏何？

轨铺冰雪域，掘岭冻疆歌！

（三）

雪洲河冻冷，冰岳雾凝僵。

风岗拥裘望，磅礴透晓阳。

晨　起

（一）

嫩柳独星挂，熹熹娩旭霞。

月娥慵欲寐，绿野已呱鸦。

（二）

樱花苏女腮，梨蕊越颊白。

盼雨糟风起，卿还摇首乖！

赞邓亚萍

桌球女皇夺桂冠，瞠目视敌如雄鸢。

挥拍飙狂藿能倒，抽球箭疾鹄靶翻。

技高意强绵密攻，夺关搴旗鸣金凤。

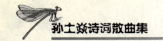

裹伤酣战玉树立，带病厮杀柱石硬。

受挫顽拼渤澥荡，势压勍敌渊岳壮。

拍胶拉削雪涛急，敌营败阵胆魂丧。

胜更苦练挥汗多，星耀世奥报祖国。

竞赛乒坛青春献，哪管岁月鬓发磨！

赞王楠

亚萍谁继扬洪波？中华乒坛烁群星。

龙骧凤翔雄四海，霜雪砥砺剑愈锋。

王楠脱颖世赛出，英姿飒爽气如虹。

甩腕挪步风摆荷，汗洒转身雨裹桐。

疾如彗尾曳光落，飘似柳絮无影轻。

对垒巅峰白刃战，抽拉搓削球飞腾。

但见臂翻漩波骤，怎知腿伤未愈疼。

连冠登台捧奖杯，国旗缓升泪泉涌！

周　易

龙马黄河背河图，神龟洛水负洛书。

伏羲文王八卦成，天维地轴运躔殊。

熊蹯磨碏猿猱笑，牝牛舐犊老狼哭。

秦殿崩塌纪纲换，汉陵峥嵘槚蒟突。

顾谓史籍演兵刀，遂使镂镛遗江湖。

宝典浏览皆玙璠，天机泆奥谁洞熟？

鬼谷诸葛递纷纭，康节启迪殷周初。

今有邵师承衣钵，乾坤易理得匡扶。

筮骗玷污被蒙尘，剽篡何颜对先儒？

捧卷以蠡测沧海，骊龙吐珠云卷舒。

仕女吟

三十未婚嫁，典籍蕴酥胸。

知音何处觅，愁损玉华容。

乌发美堪梳，铅粉弃若冰。

难为胭脂态，羞与桃李同。

闺闷攻硕士，檀郎梦泪称。

岂溺野男诶，蔑视烟酒亨。

父母亲朋促，婉拒歌舞厅。

誓择凤凰枝，不栖鹦鹋丛。

实愿比翼飞，谁甘璞石终？

英台化蝴蝶，唐婉泣春风。

黛玉殒醮夜，思之衾被惊。

投身事业去，剪愁裙履轻。

观悉尼奥运会有感

（一）

豪气贯胸凌紫微，群英搏斗拽风雷。

勍敌似浪千顷卷，我阵如磐万垛垂。

举手鸾鸣霞彩耀，投足虎吼泰山捶。

汗流奥榜金牌获，高奏国歌热泪挥！

（二）

麒麟鸾凤竞绝技，静看屏息抑泪难。

征路崎岖关隘险，精英荟萃顶峰攀。

雄心斩将甂甀站，铁志夺魁冠冕联。

全场国旗披体沸，情激奥运众雄前！

（三）

沧海横流鳌缚胆，南洋驭骏显神威。

万国冠带旌旗盛，千载骁师锦绣堆。

楼馆辉煌龙凤赛，俊杰麇聚貔貅追。

刷新奥录频捷报，屡奏国歌心屡飞！

（四）

列强争胜集南澳，虎跃鹰腾宇宙神。

剑刺球踔狂飙怒，蝶翻蛙泳碧波频。

挺躯攒劲霎时刻，磨杵悬丝寒岁心。

榜首终登湖海敬，奖台招望泪摸金。

（五）

人生能有几回搏？莫向辕台咒逝波。

垂钓渭滨周宰相，追韩月下汉萧何。

对营鏖战各呈艺，强手厮杀血灌额。

较劲巅峰牙咬挺，中流砥柱握旗歌！

（六）

鲜花荣誉毕生求，决酷伯爵富贵侯。

陪练宁抛金奖榜，冠军甘让锦花裘。

苦甜寒暑耻荣共，困累晨昏泪汗流。

教练教得摘日手，奥台泣抱九州酬。

（七）

凌波仙子玉芙蓉，跳水如夔傲澳城。

皇冕乒桌金项揽，羽球凤冠锦堂擎。

抬枪靶满台栏静，举重山拔国旆红。

柔道体操激泪看，迎阳竞走更娉婷！

（八）

群雄逐鹿澳洲国，奥运悉尼星灿城。

载誉环球华禹后，驰名四海驾云龙。

金牌尝胆卧薪获，战鼓轰天震地鸣。

稼穑颇丰极喜泣，国都捷报凯旋程。

暮秋雨中所见

萧瑟西风摇落叶，苍柯老树肉皮青。

山野阴阴云里望，楼园飒飒雨中听。

千厦兀空湿水壮，万门列销稔年丰。

叹息时景芳洲立，燕雀无声冷草坪。

冬 日

世贸冰冬入，严霜哪感寒？

龙腾尧舜地，虎跃锦山川。

鼎盛国民喜，丰收沃野欢。

都瞧耆眼乱，酒醉驻足甜。

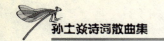

慈　母

疑母淋癌肿，怆凄弟妹悲。

院墙流泪觑，病榻祷言非。

岁月鬓掺雪，沧桑脸半灰。

掠头慈母问，家舍几时回？

再赞于成龙

头尾如锥挺，忠臣老守拙。

北溟身累死，百姓泪滂沱。

明镜贪官惧，荆堂佞棍矬。

盖棺余物几？今古汗颜多！

街　邻

买菜相逢一笑中，临街别路各西东。

寻常阡陌寻常话，岁岁相同人不同。

洗澡所思

野兽非洲洗漱难，鳄鱼称霸守河滩。

瞧翁淋浴身心爽，血染河滩正美餐。

宇　航

宇航何日渡银河？仰望星空奥妙多。

星际旅行成幻梦，星云浩瀚炫金波。

励 志

野草半枯犹护砂，颁香已尽暮秋花。

打磨心性云出岫，励志当学雁返家。

二〇〇五年六月九日合家游千山，登五佛顶，哥嫂脱口"万壑松涛收眼底"，吾忝为全之

万壑松涛收眼底，千峰岚气到唇边。

迎风飘袂佛山顶，欲雨白云涌翠栏。

二〇〇五年六月十五日合家游盖县熊岳城望儿山，感赋

（一）

上山日日望儿归，赶考船帆去不回。

慈母长年含泪盼，思儿至死化石堆！

（二）

风雪艰难爬危岩，病躯磕血冀高巅。

"痴儿哪里"嘶声唤，苍貌今犹候故山。

憩望儿山麓礼园

闹市脱身山野去，旅服熏满野花香。

礼园歇卧山蝶绕，杨柳风微进梦乡。

登营口西炮台

渤海辽州放眼平，国绥城厦密遮空。

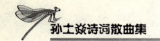
百年抗虏战旌烈，无限遐思伫望中。

再游千山

天阙云梯挂碧霞，崇楼金殿玉墀花。
千年古刹梵摩路，游客摩肩览物华。

雪中吟

林穷陶谢❶趣，山爱玉溪阴。
雪幕风吹动，云衣岳阻深。
性恝捉柳絮，脚冻咏诗文。
坐叱尘嚣者，空回坰野音。

题陆士衡诗注页

晋洛宦梁谋，陆机蕴祸端。
亘古悲豪翰，长天愁飚旋。
缦纮撕鹿苑，鸾镜毁汤渊。
夺魄绕幛日，雾雪泣黄泉。
祖逊吴丞相，弟云俱珊琏。
遂揣廊庙志，欲匡国祚偏。
网罟运兵符，泥泽杞梓展。
终遭嬖宦谤，罹难宦涯巅。
古往感英世，广域骋群贤。

❶陶谢，陶渊明和谢灵运。

科贸鸣鸾凤，政企集玙璠。

与时扬旌进，富国踏雄关。

士衡地府知，正襟喜泪泫。

公园闲题

紫陌花飘红杏雨，落霞蝶趁绿溪风。

遏云笛曲催肠断，翁老情多娱晚汀。

浩 歌

万里彤云厚，夕阳未落山。

浩歌风雪路，诗酒度残年。

闲 题

身依绣枕古诗读，腊九猫冬底事无。

读到麻姑搔痒处，骊龙腾海献珍珠。

闲 嗑

闲嗑山榛伴发妻，西窗落日晚霞低。

鸳鸯镜照风霜老，笑泪悲歌醉墨题。

山村春晨雨景

莺啼绿柳林，春雨浣花晨。

清籁交云壑，湿烟渡野村。

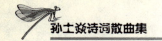

赞 妻

糟糠之妻不可忘，耳鬓厮磨同衾床。

澣袄絮棉转素手，爨涮操家笑靥扬。

并肩踏月偎花丛，花腮羞月蕙蘅香。

恩爱情笃如胶漆，百年旅程共雪霜！

家庭港湾连社会，家和民奋国睦昌！

弹指花甲鸳鸯老，盛世蔗境鬓发苍。

倒挽黄河不可回，谁拴羲和驻扶桑？

老妻笑我我笑妻，笑泪悲歌蹭蹬昂！

温馨伴携能觞咏，螽斯衍庆耉莫当。

树

人畜狗面豶毁树，牟利怙暴触我怒。

沟旁堆积如山丘，锯柯削枝悲难诉。

多为幼林尚婴孩，彼竟残忍斫宰戮。

骨干叶枯身骸死，皮裂柢截灵魂墓。

谁复挽尘挡风沙，绿黯草晦半荒岵。

芙蓉菱塘粳稻矬，秽气缺氧肆意渡。

生态失衡本糟糕，臭氧酿灾沙暴助。

彼贪桀骜逃国法，我扪断枝毛发竖！

力微恐难制蠢恶，前峪踟蹰临当路！

听　雨

山雨连湖到野亭，草香沁肺绿荷风。
披花打叶珍珠碎，带醉聆听琴瑟声。

春城夜景

星傍湖轩月寝波，春城灯海炫天河。
歌楼酒馆熏游客，霓彩织帷车运梭。

垂　钓

垂钓南湖水草中，休闲赏景最陶情。
峦林倒影云光凫，红鲤游出青黛峰。

又冬日眺望

晴雪拥城铺素练，晚霞抱日饰红绡。
祁寒岂阻登楼兴？万树梨花挂眼梢。

冬日望远

楼高鸟绕飞，路远去车微。
目驻衔山日，神融旷野辉。

冬日公园诗寄远

画廊怀旧久徜徉，林木雕残花卸妆。
雨雾蒙蒙楼榭冷，相思你懂损柔肠。

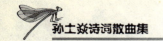

微　博

嚼碎微博抿嘴甜，扎堆八卦笑眉弯。

趣闻爆料唾珠玉，驴友影迷皆圣贤。

自　述

冰冷豪情越酷冬，棉袍臃肿笑天蓬。

凌云健笔追星月，瀚海遨游驭玉龙。

红树林

湿地红林茂，根扎到海泥。

滩涂枝叶盖，海岸树冠披。

棒杆胞胎落，鼻官水面离。

虬缠浔野阔，恩祉胜石堤。

动物奇趣

（一）

蜘蛛毒伎俩，屙饵挂粘团。

牵线迎阳晃，迷蛾振翅谗。

情激玩命落，蛛喜拢足缠。

求偶遭肥啖，蛾亡转瞬间。

（二）

媾配雄蛛乐，应察雌蛛凶。

房讫身被噬，色美祸常同。

122

喔彼知为裔，杀夫哪止虫。
森林观感慨，网映落霞红。

（三）

树顶熊妈诲，遵獲幼仔攀。
茂林兄耍俏，芳草腿蹿欢。
偎眼瞧花乐，喷鼻觅鸟贪。
夜枭叼攫去，妈瞅涕泫然。

（四）

林蛙红戗眼，巨蟒望踌躇。
险胜《空城计》，敌回肺腑呼。
树凹蝌蚪养，水草秘塘浮。
康泰刚瞒保，终忧祸敞庐。

（五）

螃蟹海葵陪，移居自壳身。
蟹眠葵警戍，葵馔蟹食寻。
忧患依唇齿，福安系命邻。
勍敌深海避，延嗣古及今。

（六）

黄蜂鬼蜮能，毛骨视惶然。
未娩蟑螂逮，扎毒惯虏眩。
牵须蜂穴里，产卵腹胰间。
活肉供儿馔，蟑螂嗣长干。

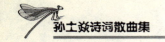
秋　梦

贴罢秋诗睡梦间，云梯雾峤费登攀。

花溪疑是桃源洞，流水潺潺有渡船。

放风筝

花红草绿艳阳天，杨柳春郊放纸鸢。

盛世欢情爷俩笑，哪思霜鬓入衰年。

风　筝

一线乘风到碧空，游龙戏凤彩云中。

城郭美誉山林唱，得势全凭体态轻。

散步喜昨夜降春雨

（一）

花鲜芳草嫩，夜雨润春城。

晓鸟知翁乐，啄花唱柳亭。

（二）

桃杏珍珠裹，禾苗润夜霖。

殷勤天宇望，莫散垄头云。

（三）

遮道花湿重，晨昏柳陌馨。

举头楼厦远，极目绿峦深。

给昆仑某哨卡战士

沃雪祁冰昆仑哨，玄岩硗土巨石翘。
举手近天可摘云，苦寒缺氧刮风暴。
雪深没膝艰难巡，冰坚攀成霜雪帽。
鸟兽禁区山不毛，崇岭绝域危嶂抱。
屋嵌崴嵬昆仑腰，门对崛壁悬冰吊。
战士坚守为祖国，热血英躯戍疆傲。
化冰为炊鲜蔬稀，糇粮难继雪崩道。
火烤取暖驻防苦，高峻缟素度枯燥。
思亲萦怀信在枕，佳节月园正跋峤。
无愧重托向北京，敬礼祖国热泪掉。
誓保国疆金汤固，哨卡永屹昆仑笑！

给反贪斗士

社会顽症针砭透，腐败赃官惩罚够。
黑脸包拯铁无私，筵请贿赂拒不受。
泾渭分明官清廉，高风亮节民望厚。
高压压顶雪松挺，恫吓威胁眉不皱。
虎穴狼窝蹀跷牣，魔窟鬼蜮邪焰漏。
怎能安枕畏仕途，瞻前顾后如鼠鼬？
斧钺逼身案卷缉，银铛监狱甄疑窦。
妻戚哭劝志不改，气贯长虹肝胆露！
金山银垛能几许？贪赃枉法成齑肉！
结案久仝感惋深，傲骨凌风脸颊瘦。

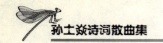

西藏自治区成立四十周年庆典感怀

西藏腾飞冰雪域，高原典庆震云霄。
农奴百万铺金路，跟党扬旌奔富饶。

湖 边

回肠笛曲画船闻，身在京津心在秦。
紫燕双飞莲藕水，湖边独步异乡人。

春游诗

桃园杏陌媚春郊，草长山蝶落客袍。
紫燕分花扑嫩柳，日曛翁度皖溪桥。

闲 吟

衢通楼趄春城逛，老态龙钟褶面郎。
混迹人堆随世笑，棉裘风袖度残阳。

绝句二首

（一）

年暮贪馋花到眼，万国俛仰海云深。
堪忧倭霸图谋恶，游弋嚣声锦岸闻。

（二）

觊觎宝岛扩兵刀，神社香烟府邸飘。
史鉴洞谋疆海备，任他妖孽起狂涛。

春 节

（一）

守岁春节欢宴夜，礽福隆盛九州融。
彤红霹雳爆竹火，绚丽烟花孔雀屏。
浓郁瑞春弥郡野，馨香节气满乡城。
家欢国喜炎黄乐，寰宇交杯酪酊同。

（二）

室暖席丰杯碗摆，春联鞭炮蜡烛燃。
龙狮舞队楼街扭，金饰华服宾客穿。
鼓乐震天旗彩映，钹锣动地礼花妍。
民殷国富鹏程跨，胜日神州尽宴欢。

腊 寒

（一）

溃洞祁寒冰雪域，朔风刺骨路林僵。
娜滉帝阙封云闳，阛阓街楼闭塑窗。
老迈多愁抬望眼，脑残含泪立夕阳。
欲登仙界蓬莱逛，恐遇徐福怨始皇。

（二）

严霜冰冻西风烈，日寝云层腊月天。
楼厦银镶舒病目，山峦玉戴卧辽原。
赖皮白雪飘脖项，鬼样寒潮驻陌阡。
豆蔻年华回首叹，莫将繁鬓送流年。

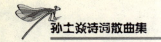

市图书馆碎语

灵蛇珠压昆山玉，市馆图书瀚海多。

谁挽天河词苑洗？歌传玄圃鼓琵和。

金翅擘波黄鹤去，银瓶摞殿紫微挪。

味同嚼蜡高刊看，《红豆》诗成茅草窝。

中俄军演感怀

演练中俄磨战剑，只缘妖雾锁晴空。

舰机怒吼瀛寰壮，沧海横流万古雄。

我军现代化感怀

国际风云诡异多，虎师添翼赴高科。

五洲雄视魅魑惧，敌我夯实霄汉歌。

歪脖老树

歪脖老树傍山村，喜鹊搭窝夏笼阴。

干露青铜根似铁，半枯犹见百年心。

眼　望

暮春野岭隐星辉，月下山花带锦飞。

眼望故乡噙热泪，林塘蛙鼓乱心扉。

野　游

烟锁竹林闻犬吠，过桥始见野人家。
女贞庭院连云壑，迎面香扑桃李花。

到　冬

到冬半夜雨敲窗，多尿翁失睡梦香。
老朽情怀听雨韵，莫将笑脸换哭腔。

市街雨中观景

秋燥临冬终降雨，满街车似甲虫挨。
车流雨幕旋光晕，伞似蘑菇朵朵来。

人　世

人世狂求富贵窝，豪宅别墅摞城郭。
钱奴色鬼君须记：皇帝娘娘短寿多。

冬日行

雨雪成冰落脚滑，挪身街巷类瘸鸭。
天公示警寒凌路，莫笑衰翁扔腚瓜。

观华蓥山

宝簪螺髻蜀岫翠，忽趱云峰似笏对。
汽车驶进盘旋岑，乱嵯高峙峡谷内。

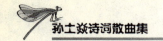

华蓥巍峨连天耸，林莽峣岭巃嵸汇。
汇姐魔窟斗恶魔，烈节英姿霄汉酹。
政委忠魂华蓥睡，群雄游击红岩卫。
双枪太婆峥嵘姿，敌胆闻丧震阛阓。
贞烈碧血化野芳，英雄业绩华蓥缀。
峰转华巅云表崇，路回林麓纡溪醉。
红岩英烈屹千载，华蓥锦图激后辈！

颂治沙专家

朝凑风沙头，暮宿风沙尾。
戈壁沙瀚海，欲缚沙漠腿。
沙丘骈肩流，沙陵胗空垒。
橐驼沙腹伴，骈蒙沙塞睡。
拔腿沙眯睛，炊饮沙糊嘴。
酷热骨如煨，燥渴皮脱水。
衣黮毛发长，鞋烂髭似猥。
科考沪地隔，妻望甘肃北。
身歇汉墟堞，眼观楼兰毁。
手扪骷髅枝，细稽胡杨萎。
穷微审地脉，寒窟思风轨。
终年栖绝域，撇家无怨悔。

朝阳枣

村野林园玛瑙红，香熏糜黍稔天风。

金秋硕果连畴远，谁抹丹霞云壑中？

夏　行

草木葳蕤朱夏天，莺梭织柳闹芳园。

衰颜朽骨花边去，谁解耆年醉倚栏？

颂治沙女杰

狂沙吞洲陆，暴殄天物恨。

墙倒家园毁，桥埋田畴泯。

屏天尘浩浩，盖地沙滚滚。

草木尽枯槁，井河涸裂墈！

治沙巾帼女，愤然沙漠寝。

植树毒日凶，种草烈风狠。

蒸渴唇皮皱，晒烤额腮皴。

担水艰难踅，黍饼饥馁啃。

跌爬衣裤破，挖铲伤疼忍。

荏苒累年月，拼搏韶华紧。

树林围千亩，葳蕤屏障稳。

辛劳夫病恶，劬勤泪流枕。

仳离丧偶悲，伶俜沙塞凛。

褒奖更护沙，铁心沙海滚！

敬挽张学良将军

国仇倭寇虎贲❶怒，家恨考棺桑梓山。

蒋匪引狼胞老戮，汉卿拯世孽龙圈。

竹帛绩炳垂青史，圭臬❷名衡昭宇天。

抗虏节操苏武后，锢台永夜望乡关！

贺神六飞天

火箭升空喷烈焰，解谜宇宙放飞船。

嫦娥桂阙盛装盼，织女银河眼望穿。

颂杨靖宇将军

民族楷模国精粹，誉满洪宇感苍生。

雪陂荒野狂飙舞，林莽陲洞长冰横。

崖岭巃嵸虎狼嚎，衣烂食匮伤病婴。

狙击日寇拒强敌，倭虏围剿獒犬凶。

疯狂杀戮烧并屯，悬赏诱逼封重兵。

抗联卓绝东北战，聚歼偷袭践匪营。

指挥芟盗轵鞍寒，振缨长白马驹鸣。

日寇钳疼暴尸跳，剿掠更凶兽眼红。

粮尽扒草填饿腹，境绝枕石寝松陵。

---

❶ 虎贲，勇士。

❷ 圭臬，土圭和水臬。古代测日影、正四时和测度土地的仪器。比喻标准、准则和法度。

万恶奸叛英踪泄，身陷重围雪峪冬。
双枪火舌荡敌墙，老皮袄血染复凝。
气节憾天神威凛，中枪弗倒峰岳挺。
日剖虎躯肚惟草，敌虏震慑骇世雄！

秋 郊

（一）

藤花霜蔓覆苍苔，郊野茅蒿次第衰。
飞鸟频啼黄叶树，蜻蜓芦荡渡波来。

（二）

田埂猫捉野草花，菜蝶燕逮落谁家。
金秋客进槐林堡，隔院牛哞透蓖麻。

八女投江歌

无粮难活无衣冻，抗联饥馁陷绝境。
雪疆御敌日瘟狂，严困疯剿断给供。
化整掰危腊冬月，宵夜跋涉霜棘径。
江岸朔风割肌肤，篝火取暖缓僵冻。
日伪竟嗅龙茸围，狗嚎狼突枪弹盛。
八女恶战枪弹尽，怒眄寇虏铁血凤。
烟火发竖血流脸，獠鬼对面目眦迸。
生当危难驱寇贼，死捍国疆铁骨硬。
队多突围姊妹安，敌尸狼藉切齿庆。
联袂投江军歌壮，怒涛惊敌木雕楞！

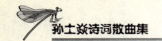

邻楼一患病老者五冬六夏锻炼有感

跛瘸双拐趔趄挺，瘫痪抗争昂首坚。
褂袄飘摇夕霭里，袜鞋吱扭晓霞间。
雪埋躄迹癯颜铁，风印羸躯鬓发斑。
柱立俨然石塔老，岧峣苍貌屹长天。

毁林辞

（二〇〇一年十二月七日焦点访谈揭露某山林遭毁怒而为诗）

煌煌山林斫砍毁，百年千年青榈落。
诛松伐橡堆杉痛，狂徒竟执林管律！
炭窑纷纷血口张，木炭滚滚拖车装。
固林片片咔嚓倒，狍麃嗷嗷悲野荒。
魈舞魃躐魑魅笑，胥逆阴沟装金票。
山农怒谓“霹雳火”，苍鸑无奈蒟蒻叫。
管林毁林盗何异，彼罪齐天狂妄极。
国耗巨资植林草，彼敢擅逆枉法戏！
黑心毁树愧疚否？树恩天大厚城堡。
罪钞筑楼罗琼筵，后辈戳骨龌龊老。
蠡官屠徒快惩截，转眼山秃林木灭！

自　语

摇曳花枝风雨夕，粉英含泪落芹泥。
悲秋谁不伤怀抱，莫再湿云绕故蹊。

抗战胜利六十周年感怀

日寇侵华多罪孽，屠城清野惨人寰。

九州血战降倭庆，怒讨军国攥铁拳！

奸　商

奸商良可畏，牟利如蚊蝇。

造假丧天良，病狂赝货充。

鸩酒标名牌，纰药甚氯氰。

废油食油卖，梼杌❶粉黛容。

烟孬外金箔，畜肉灌水称。

熟食圊腌膎，盗碟窝迷蒙。

彼心熏黑否？膏肓钱蚀空。

国棉裹假狂，补品仿真凶。

累年打假战，为啥假如疔？

萌蘖阁岵发，毒蕈虎穴生。

况金澄澄黄，贪婪驴眼青。

管他天地塌，私囊肥再撑。

斧锇彼败类，官伞严惩扔！

大孤山歌

欲搂千山枕草眠，谗人野壑锦图悬。

---

❶梼杌，读[táo wù]，泛指恶人。

135

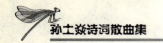

清风盛夏拂腮爽，不是神仙胜似仙。

又赏秋二首

（一）

荷畔石桥跨野烟，深林落木满前川。
诗翁为觅残秋景，不在山间即水间。

（二）

溪石鸳侣醉秋芳，杨柳湖轩映画廊。
片片红枫逐碧水，笙歌无处不斜阳。

荧屏观二OO一年仙都国际攀岩邀请赛

（一）

溯源黄帝鼎湖峰，石笋芭蕾陡壁成。
贴柱云端如壁虎，碧溪鸟瞰陟天庭。

（二）

仙都仙境芙蓉美，如戟峰峦挽碧霞。
邀赛重阳岩壁睹，群情惊煞坠蛛滑！

暮秋远眺

（一）

辽树飘秋叶，长杨落照间。
怀开金黍野，情悦黛莲山。
网路车排蚁，郊村厂冒烟。

枫冈回首眺，城厦密遮天。

（二）

鞍钢炉企密，商厦锦城深。

枫树峦曛照，菊花野霭馨。

龙国迎世贸，洲邑奋华坤。

决眦飞鸦鹊，金秋浩览新。

春郊行

非典抗华夏，城郊过菜畦。

房多山拱嘴，街乱地缩皮。

麻雀红英蹴，青虫绿草骑。

典魔擒日数，泥路趔趄期！

学女行

西亚毗邻国，昆仑复西羌。

相视泪阑干，旅囊壮行昂。

鬓发鬈飘风，稚脸车房扬。

爹娘亲朋送，离思搅肚肠。

爹嘱寝居安，音颤慈泪汪。

伯嘱学课勤，语重心意长。

娘嘱妞莫挂，声酸语焉详？

朋嘱常电信，执手眼神伤。

阔别适陌域，万嘱桑梓堂！

雄鹰高锻羽，巨轮深海航。

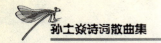

肄业赖少壮，时势讵荏藏？

登车望亲朋，亲朋拥车窗。

抹泪回顾切，车驰意彷徨！

二〇〇一年上海亚太经合组织会议有感

锦城帝厦摩天立，灯海霓河斓彩光。

政擘国魁集盛世，礼花仙境醉龙乡。

望　燕

春雨催开桃李花，路遥望燕伫河沙。

蝶飞草绿赢翁老，何事天涯未返家？

春日游千山

林海莲峰上碧天，悬崖俯视胆心寒。

苍松覆盖狼牙涧，眼底云翻鹰隼旋。

登五佛顶

（一）

俗客争瞧渤海湾，暂丢尘世到云端。

缘何雕像五佛顶？始信释家别有天。

（二）

雨阴鸟瞰五佛顶，苍莽神州云雾浮。

盛世遗怀今古慨，请谁峭壁醉穹庐？

杂 咏

（一）

花蕊蜂须香粉粘，彩蝶芳树舞翩跹。

钟情万物春光泄，阆苑风流为哪般？

（二）

杨柳楼头明镜月，草塘星畔碧莲花。

城郊独步谁为伴？昨梦被邀东野❶家。

（三）

苔滑摆绿水低声，花簇摇红叶护风。

赏景鞋趟青草露，早霞映在野溪中。

（四）

山屯风雪冒烟刮，游子天涯未返家。

慈母餐桌擦泪望，窗棂隐见冻霜花。

（五）

溪冰摽作玲珑玉，山雪松如棉絮袍。

妙景凇围晨旭映，纵铺画纸也难描。

（六）

碧柳黄莺自在鸣，楼台倒影荡秋萍。

湖滨朗咏风云送，浪摆芙蓉听雨声。

---

❶ 东野，唐代著名诗人孟郊，字东野。

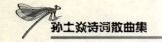

（七）

街道欲平灯影昏，满城风雨夜归人。

天河倒泻赢躯挺，杨柳斜扑楼院门。

（八）

好似苍龙腾九霄，辽原雪岭入云高。

故乡野景舒心眼，落日添情龙嘴叼。

春节营口辽河岸述怀

（一）

缅怀今古慨，锦岸倚雕栏。

城厦出霄汉，林屯入沃原。

目极晴野雪，心念冻河船。

隔海风云紧，高歌送旧年。

（二）

荡漾平渤澥，城楼河岸倾。

辽洲驰晓目，烟树赴天庭。

胸叹国疆阔，心怡盛世逢。

百年烽火路，怀古满豪情！

无题

（一）

桃李筝歌香雾浮，捧花美女画中出。

小园春色临街巷，妙手丹青下笔初。

（二）

风扫紫衣悲落花，香泽几处醉娇娃。

楼园莫奏销魂曲，泪眼怀春哪有涯？

春 雪

（一）

雪摞鹅毛天助飑，窗棂遮撒密如涛。

纩棉潺潺出楼阔，城厦皑皑苉巷高。

谁画锦川屏障素？难雕瑶堡玉池娇！

仲春朔雪肥天地，怎不抛袍趔趄豪？

（二）

狼藉春雪覆冰溜，万里白帛盖沃洲。

嫩柳银妆迎客软，娇杨玉饰满城柔。

车驰晴日眩光晕，人踏暖棉壅道周。

邂逅谈墒邻叟喜，更期绿野菀花丘。

踏 青

杨柳拂肩青帝恋，粉樱堆锦荡榆钱。

踏青山路林深处，姹紫嫣红别有天。

秋山行

蹒跚步履摆如鹅，碧野秋芳鸣鸟和。

云岭风拂松柏动，迎阳老脸拊萝歌！

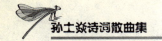

悼陈晓旭

黛玉演活传盛世，仙媛何故弃人间？

痴心自古多情泪，应梦红楼共渡船。

梦　游

瞪眼白日梦，系舟入杨柳。

携侣爬层岩，燕冀低向后。

缁岫似熊耳，丹岑类象首。

云披草崖肩，月映花溪口。

林隙泻银河，山尖挂北斗。

近树彩雉啼，远壑野兽吼。

崩石冒烟落，惊煞交臂搂。

娇妻颜色变，惊呼挥玉肘。

梦醒犹捏汗，兀自沉吟久。

题烈士山山石

逛到公园烈士山，沿途驴轿气熏天。

恨能瀚海苍穹洗，独坐秋林意惘然。

公园春日闲题

（一）

桃花树下奏瑶琴，芳草萋萋杨柳春。

啼鸟和弦蝶曼舞，绯云带醉卧黄昏。

（二）

枝摇忍看桃花水，湖碧云骑青黛山。

何处多情春日晚，偷滴粉泪落香兰。

闲　步

疾缠心不展，独步逛芳园。

松鼠嬉林木，溪禽啭雾峦。

情多思万古，寿短盼千年。

去去平芜尽，身围绿野烟。

自　吟

燕雀声相递，青春绿叶稠。

蝴蝶蛮逗趣，花里落翁头。

单相思曲

鸳宿相思树，香留解语花。

通宵劳梦想，何日树结瓜？

枝　头

枝头花鸟乐，枝下看呆翁。

往事烟云散，身溶画境中。

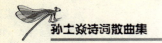

二一九公园漫步

湖波环翠楼阁丽，草际烟峦醉客魂。

垂暮遗怀园景逛，寻花惜柳爱芳辰。

卢沟桥书怀

卢沟晓月国仇地，雨洗石狮弹迹新。

日寇还魂思美梦，古桥万载卧乾坤。

梦天涯

春鸟楼窗唤曙霞，香闺少妇梦天涯。

老公商贸能归未？怕见倚墙红杏花。

二一九公园所见

佛苑傍山晴日高，柳丝垂过玉莲桥。

情合美景拍婚照，媚客香兰带露摇。

无　题

照镜蝶翻柳絮中，霞托落日射波红。

赏春谁是无情物？鸟蹴樱花惹恼蜂。

烈士山行

槐树花香香四溢，茂林芳草最怡神。

客登石磴交荫道，松鼠榛丛逗笑人。

抗震歌

汶川强震撼乾坤，路陷楼塌骤雨淋。
总理指挥拼昼夜，扶伤救死铸国魂！

公园春咏

摄影娇娘傍百合，树梢鸟炫碧湖波。
风裁苏绣楼园饰，春酿香醪柳岸泼。

公园感怀

衰病还游环翠湖，碧天云影度山孤。
草连夏树芳园慨，楼映莲波锦岸殊。
皂燕迎翁迷野径，彩蝶绕柳去林庐。
老逢胜景易伤感，含泪悲歌豆蔻初。

诗　成

湖载蓝天旋晕涡，曲桥垂钓悦翁婆。
傍莲彩榭霞光满，映水秀峦花木多。
初日谁穷千里目？和风客揽百顷波。
诗成李杜埋尘土，且把襟怀放绿萝。

泪咏抗震歌

曦露乌云破晓开，汶川强震病翁哀。
举国悲悼抗灾日，众志成城挺膂来。

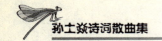
山行歌

雨后槐园坠粉英，山围城厦瞰林亭。
草坡肺沁芬芳野，花落满头听鸟声。

烈士山公园漫步

串串槐花白胜雪，芳林扑面蕙兰风。
黄莺园树牵魂唱，芍药楼坛媚客红。
绿叶枝条撑伞盖，青石山道挂蛟龙。
驼身登顶钢城望，一片繁华醉梦中。

观景有感

日月无情催鬓发，楼园何意泻年华。
春风杨柳拂啼鸟，秋雨珍丛打落花！

满 树

满树樱桃松鼠捉，隔枝鸟叫恨能摸。
天生万物都乖巧，何故环球毁灭多？

自 夸

绿海清神通体泰，余年只愿老花荫。
虫声悦耳山泼黛，树叶撩额情最亲。

雨　后

雨后阴晴逛翠山，路逢喜鹊树林钻。
休闲不盼天河水，云破花鲜亮半川。

盼节能

脚踏车骑驰马路，机车尾气口鼻熏。
槿堆滤肺蜂相伴，槐趱清心雀更亲。
傻样偏藏花木后，痴情狂泻草石根。
诗追李杜节能盼，城厦何时满树荫？

万花筒

才出尘世万花筒，啼鸟邀翁入夏园。
琐事如云扔翠壑，愁情似雾散青天。
玫瑰妖媚开林麓，松鼠顽皮翘柏端。
尤喜山腰岩壁下，槐花香雨坠溪烟。

宝　琵

宝琵妙奏回林曲，俊鸟娇啼绿壑音。
颠脚倾听天籁乐，诗翁索性坐兰茵。

巴　蜀

巴蜀曾为客，连山稻谷秋。
鸟喧林色静，犬吠路途幽。

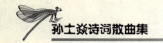

近水楠竹院，傍花云雾楼。
他乡常在梦，梦醒叹白头。

题公园小景

树梢小鸟蹴花馋，少女手机玩正酣。
蝶撵落红春景乱，东风扯袖怪翁闲。

悲 秋

水碧秋莲老，霜浓草木衰。
翁悲时序改，久久立苍苔。

摄 影

悠哉摄影翁，林寺画桥东。
镜照芙蓉水，喜捎杨柳峰。

秋 趣

秋山黄叶满，晚壑紫霞多。
头顶一禽唱，风和几树歌？

冬夜城景

杨柳风笛奏，灯城炫彩虹。
银河天地裹，冰雪月华凝。

冬日随想

雪压花虫睡，冰封鸟兽藏。

风和冰雪尽，万物复苏忙。

雪

雪花洪宇满，劲舞迷翁眼。

玉戴画楼娴，银妆林壑晚。

进城路上

霞染千山雪，风鸣万壑林。

晓寒飞鸟尽，云路早行人。

钢城雪夜

城楼霓彩红，灯路入莲峰。

头顶飞花涌，光波雪海中。

老 柏

冻崖老柏傲云山，阅尽沧桑冰雪寒。

头顶苍天迎日月，根扎瘠土卧龙盘。

新闺怨

秋风细雨过林塘，带泪残荷泣晚芳。

闲却相思偏入梦，郎归莫问病容娘。

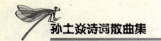

巴蜀忆念

蜀道盘岩霄汉镶，群峰捧日水云乡。

离居梦寐江峡外，一夜情思万里长。

秋日野趣

一进峦林深似海，抚红倚翠野芳迷。

缠藤老树披烟立，照影秋莲美蓼溪。

公园题景

楼园舒病目，秋景晚来佳。

风动鸣蝉叶，蝶偎炫日花。

笙歌回翠柳，莲水荡红霞。

盛世凭栏久，诗魂融物华。

春日感怀

频挪老病身，满眼翠华新。

柳厦盘云细，花城入野深。

争芳蝶暗渡，涉艳鸟先闻。

日暖翁归晚，余年剩几春。

故乡书怀

漫步村宅外，黍围秋野平。

雪荻明月浦，黛树落星峰。

犬吠田园静，蛙鸣夜路清。

故乡朝暮想，此刻泻激情。

秋日漫步

举足量地球，风爽故园秋。

访楝蛾收翅，询花鸟探头。

日车❶云锦挂，山寺雾帷收。

翁老难徒远，凭栏傲五侯❷。

梦 里

梦里城郊逛，虫鸣露草秋。

花遮萤火径，月照水明楼。

垂野星河阔，连山夜树稠。

唐诗高咏罢，妙悟❸醒难收。

---

❶ 日车，典出《庄子集释》卷八中《杂篇·徐无鬼》，指太阳。太阳每天运行不息，故以"日车"喻之。亦指神话中太阳所乘的六龙驾的车。

❷ 五侯，泛指权贵豪门。唐韩翃《寒食》诗："日暮汉宫传蜡烛，轻烟散入五侯家。"明刘绩《早春寄白虚室》诗："残雪未消双凤阙，春风先入五侯家。"清龚自珍《摸鱼儿》词："五侯门第非侬宅，膦可五湖同去。"

❸ 妙悟，犹言神悟。宋严羽《沧浪诗话·诗辩》："大抵禅道惟在妙悟，诗道亦在妙悟。"清蒲松龄《聊斋志异·粉蝶》："阳目注心凝，对烛自鼓；久之，顿得妙悟。"

野 趣

（一）

垄头趟露草，谁种邵平瓜❶？

山爱白云挽，溪怜乳雾发。

禽歌风里木，蝶舞日中花。

余兴归途尽，撩翁何处鸦。

（二）

老迈邯郸步，山林透隙红。

彩霞春野树，夕照落花风。

醉魄岚溪露，舒怀翠壑暝。

诗仙千古去，吾意竟何成。

城郊夜景

城郊秋夜鸟初栖，旷野银河望眼低。

叶落楼台和柳舞，月明亭影伴花移。

山围枣院车灯路，香沁帘栊月季篱。

夜景撩人清不寐，爽眸远胜武陵溪❷。

---

❶ 邵平瓜，即东陵瓜。邵平种瓜长安城东青门外，瓜味甜美，时人谓之"东陵瓜"。见
《三辅黄图》卷一。后世因以"邵平瓜"美称退官之人的瓜田。唐杨炯《送李庶子致
仕还洛》诗："亭逢李广骑，门接邵平瓜。"宋陆游《贫病戏书》诗之三："尽日溪边
艇子斜，治生不种邵平瓜。"明刘基《绝句漫兴》之二："寒暑又随风日转，东陵谁种
邵平瓜。"

❷ 武陵溪，缘于东晋文学家陶渊明《桃花源记》。

野 游

红枫林旭照，万籁鸟鸣幽。

落叶云峰寺，残花野草秋。

潭鱼喋翠藻，蒿蚂戏苍丘。

万物随时改，诗翁独自游。

麻 雀

觅食冰雪咋安眠，鸟语人言能对谈？

翁有醴馒家室暖，此时天地刺肤寒。

羁旅诗

（一）

没把流星落异乡，百年羁旅意彷徨；

家隔川野山遮目，云绕城楼月上床；

船逆江流峡水猛，车行蜀道雾岩长；

愁如沧海无穷处，倩影萦怀更断肠。

（二）

雪自飘零冰自寒，风嚎草木已冬眠；

月娥秦岭车贴脸，峡水河伯船碰冠；

野坐云衣披万里，山行霞帔蔚千年。

此生合是飞蓬命，海角天涯总不闲。

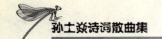

冬日诗

飞雪涤尘气自华，岸冰知趣卧河沙；

潜鱼冒死寒窟跃，候鸟无踪暖处家。

情似长天迎日月，诗追万古绽奇葩；

酷冬万物哪平静，请看风柯栖暮鸦。

逛　景

诗翁逛景敞风衣，城邑浮烟花野依；

杨柳蘸波鱼拱日，芰荷挤岸鸟啼枝；

胸涵云岭清秋气，眼挂松峦绿草陂；

五味杂陈尘世避，莫非画境有玄机？

超级寒潮来袭望远

城野寒潮刺骨垂，树僵取暖拢霞辉；

横空山雪楼街望，上有云帆载日飞。

书　怀

云岫盘空敞寺楼，草丛相伴野人鸥[1]；

情随林莽连天阔，愁撒江河入海流；

多病身披阴霾气，深心眼望故园秋；

---

[1] 野人鸥，出自唐代诗人李峤诗《同赋山居七夕》：明月青山夜，高天白露秋。花庭开粉席，云岫敞针楼。石类支机影，池似泛槎流。暂惊河女鹊，终狎野人鸥。

154

萧萧木叶襟前落，巴蜀荆襄何羁留？

冬晨赏雪书怀

披霞宿雪饰楼台，风树挂花鸣曲哀；

云鬓插簪银野岳，素装照镜水滨槐；

亲朋星殒白头叹，病体心伤百事乖；

晓景入诗思古往，谁陪李杜眼前来。

自 嘲

（一）

三径❶莳菲客，妻陪老病身。

纵麟轩冕悟，朝圣梵林深。

草爱花枝露，云依绿野岑；

女娃填海处，尽洗褐衣尘。

（二）

良禽择木栖，博客草根迷；

近壑寻天眼，临泉渺地脐；

登楼怀顾况❷，稼穑慕伯夷❸；

---

❶ 三径，意为归隐者的家园或是院子里的小路。

❷ 顾况，字逋翁，号华阳真逸（一说华阳真隐），晚年自号悲翁，汉族，苏州海
盐横山（今在浙江海宁境内）人，唐代诗人、画家、鉴赏家。他一生官位不
高，曾任著作郎，因作诗嘲讽得罪权贵，贬饶州司户参军。晚年隐居茅山。
顾况有《登楼》诗：高阁成长望，江流雁叫哀。凄凉故吴事，麋鹿走荒台。

❸ 伯夷，商末隐士。

谁肯沧桑老，辛酸翰墨知。

（三）

养拙非吾愿，楮墨圣贤何；

香象骑河浪，鸟王掰海波**❶**；

思服翁寤寐**❷**，摛藻脑究磨；

骥老悲伏枥，岂思千里歌。

（四）

美玉积玄圃，阊阖何故藏；

欲求无羽翼，蹀躞困河梁；

兰芝幽谷萎，閫閣嫫母香；

耕耘存梦想，岁暮月华凉。

（五）

吴牛圆月喘，慕煞鹿皮翁**❸**；

骑鹤游沧海，茹芝卧碧峰；

仙槎星汉渺，羽客世俗空；

病叟无情绪，梵林听曙钟。

（六）

集腋成裘日，衰颜徒自伤；

---

❶ "香象骑河浪，鸟王掰海波"，《浪沧诗话》有"香象度河，金翅掰海"句。意指诗文如金翅大鹏鸟分开大海一样雄健有力；如大象过河，脚踏河底一般精深透彻，实在是赞叹得精妙之极、完美之至。

❷ "思服翁寤寐"，诗经《关雎》中有"寤寐思服"句，意指日夜思念在心。

❸ 鹿皮翁，汉族传说中的仙人名字。汉朝刘向的《列仙传·鹿皮公》有记载。唐朝杜甫《遣兴》诗之三、清朝曹寅《西堂集诸同人限熏风南来四字》之二里都也提到鹿皮翁。

世俗名利崇，华饰桂堂香。

野耄时瞳冷，草鞋衢市藏；

浮生何所愿，揽镜意彷徨。

骤雨欲来

骤雨欲来霄汉低，风刮林木摆头齐；

繁花丝管楼园绕，闪电云雷郡野袭；

热舞旱魃夹尾看，展眉田父拊额疑；

老翁拄杖遥天祝，莫再空头地面湿。

野　游

火云映日山光满，脚踩溪石颤水涡；

闹市烟尘林麓外，和风野壑鸟声多。

花撩雪鬓缯帛蕙，香透齉鼻翡翠萝；

何故青藤牵裤裓，让翁醉里敞怀歌。

览景书怀

平生快意是抒情，树在茏葱鸟在鸣；

浴日霞波观海吼，插天崖壁揽云雄；

胸中垒块抛青岳，梦里鸿图放碧瀛；

曲水流觞❶千载慕，倩谁赋景醉松亭。

---

❶曲水流觞，是中国古代民间流传的一种游戏。夏历的三月上巳日人们举行祓禊仪式之
　后，大家坐在河渠两旁，在上流放置酒杯，酒杯顺流而下，停在谁的面前，谁就取杯
　饮酒。这种游戏非常古老，王逸少（王羲之）诗云："羽觞随波泛"。

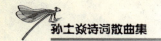

自 吟

寒潮遍地望蛰龙，翁我缩成抱臂虫；

城宇流云山戴帽，檐冰炫日玉临风；

木知雪趣披烟立，雀懂诗心拨草轻；

身裹棉裘何所惧，眼缘随处与人同。

过猴年春节

皓首今昔叹，绮筵盛世春；

礼花歌舞夜，莫醉酒杯深。

春节书情

（一）

节逢盛世瀛寰庆，亿众举杯酒宴排；

炮炸天河银瀑落，花叠帝阙彩莲开；

群仙驾鹤琴笙奏，神女纵鸾歌舞来；

老叟酡颜春晚美，历朝历数壮情怀。

（二）

夜炫烟花孔雀屏，爆竹声里万家灯；

年年举酒年年醉，照镜笑瞧白发翁。

宇宙畅想

系外生灵何渺茫，谜团包裹万层藏；

星旋黑洞吞食后，雷爆时空射电狂；

暗物暗流魔幻境，新云新景梦游乡；

试趴宇宙边球看，可有飞碟伴鸟翔？

刘伯温

辅佐人狼喻卧龙，腥风血雨筑明宫；

范张**❶**身退学何晚，扼腕川湄明月中。

赞2016情人节红鹅

奋身解救气如山，爱侣相觑捆绑难；

纵死遭烹深吻去**❷**，愿留至爱在人间。

北国早春二月就医风雪途中

风扭雪涛如转索，翁扶鸠杖探银窝；

披花病体秧歌摆，鼓瑟枝柯琼玉罗；

人老医途诗兴有，世情凉热乐哀多；

苦吟贺岛别烦我，宿莽拔足挺冻脖。

早春赏景

树拢天风彻夜号，春晨犹带雪花摇；

林峰腾掷阴云际，楼厦推拥市野郊；

眉攒今古辽原色，脚仁冰霜四季桥；

---

❶ 范张，范蠡、张良。

❷ 《现代快报》记者采访了鹅的主人得知，两只青梅竹马的大鹅已经被宰杀吃了。

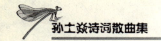

躯病犹能清景赏，飘飘直慕鸟飞高。

赏景书怀

林田吮吸露花晨，闷倚桥栏绿霭深；
数点沙鸥飞柳浦，几只苍鹭舞霞暾；
云峰毓秀巉石卧，兰蕙香妍莠草熏；
赏景更瞻霄汉外，嚣声何处见缁尘？

诗　趣

雀侣私聊万木春，江郎❶一笑醉花阴；
桃梨园里开诗眼，杨柳楼头运匠心；
镂月裁云萧女顾，展笺挥墨草香熏；
文章千古合欢地，梦寐芳魂入锦茵。

夫妻歌

床首吵完床尾和，鸳衾双卧鬓厮磨；
牧丹雨润着曦美，神女云茶巫蛪多；
韩掾❷钟情缘贾氏，许仙劫难念白蛇；
海盟山誓千千遍，莫若齐眉筑爱窝。

---

❶ 江郎，指江淹，字文通，南朝著名文学家、散文家。
❷ 韩掾，成语"韩寿偷香"，典出《晋书》卷四十"贾充列传"。

登高览景抒情

万壑岚光瞥眼轻，鸟翔峻岭没莎町；
映花老脸林泉秀，靠树盘腰雾涧疯；
日月流辉新世纪，河山带砺旧风情；
土豪别墅娇娥抱，哪懂秋崖挂彩虹。

咏瀑布

虹挂苍崖飞瀑前，仓庚剔羽树柯间；
迅雷万点鸣云岳，溅玉千层泻碧天；
随涧骤跌激浪谷，汇河旋跃涌波山；
府州哺育时回首，大海归心去势坚。

今　生

今生何苦做寒儒，敝帚自珍诗腹枯；
雨后竹林春笋嫩，开窗慕煞采摘姑。

八达岭长城书怀

岹峣燕岭类削成，天外盘旋万里龙；
喋血楼城风雨浸，鸣笳沟壑露花凝；
历阶怀古悲歌壮，倚垛追今挺脊雄；
鸿雁当头扇翅过，可知远客此时情？

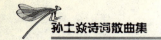
新乐府：怨歌行

乍泄春光思窅然，白头吟罢泪如泉；

东宫捐弃班姬扇❶，湘馆谁拨黛玉弦；

禁果初尝明月晚，漆园分袂艳阳天；

红颜博命悲千古，捷径终南肺腑寒。

长江逆航

映船峡日撑流辉，石掠江波势若飞；

天转岸回巴蜀旅，谷叠嶂耸野岩堆；

巫峰神女遮娇面，白帝烟霞笼翠湄；

千载逆航谁似我，眼击骇浪走云雷。

赠邹优添诗友诗

日驾六龙驰碧宇，结缘瀚墨老成翁；

云霞仰望垂清泪，满纸辛酸无语中。

无　题

经冬草木秀娇姿，吟断几根烦恼丝；

❶班姬扇，班姬题扇源出《怨歌行》，昔汉成帝班婕妤失宠，供养于长信宫，乃作赋自伤，并为怨诗一首："新裂齐纨素，皎洁如霜雪。裁为合欢扇，团团似明月。出入君怀袖，动摇微风发。常恐秋节至，凉飙夺炎热。弃捐箧笥中，恩情中道绝"。这首汉乐府中的民歌写的是班婕妤失宠于汉成帝后的哀怨心态。她把自己比作取凉的纨扇。炎夏时的热闹与秋凉时的冷落成为鲜明的对照。自此，"班姬题扇""班姬咏扇""班家扇""班女扇""班姬扇""团扇妾""团扇诗"流传开来。

杨柳梳烟流月鉴，春峦驮日雨云期；

湖怜珠泪鲛人馆❶，人怨桃花崔护诗❷；

苜蓿生涯尘满面，芳丛常忆少年时。

巴蜀忆念

猪婆拱圈鸡公闹；稻野村宅绿水围；

杨柳石街闻犬吠，渔船舣岸载霞归；

花蝶照影鱼咂浪，姑嫂浣衣歌入扉；

蜀锦剪裁湿适景，相思刻骨透窗帷。

迎春曲

（一）

飘落红花绣地衣，老翁老过去年枝；

蜂蝶风日欢情共，燕雀楼园蜜月啼；

怀璧身微愁绪有，临街意满恨足低；

迎春多少繁华趣，呆望林云绕故蹊。

（二）

山霞染日夕，何故醉春篱；

杨柳牵蝶侣，桃花悦鸟啼。

---

❶ 鲛人馆，范德机诗中有"路逢相识亲，要入鲛人馆。泣下仍成珠，更苦哀歌缓"。

❷ 崔护有诗"去年今日此门中，人面桃花相映红；人面不知何处去？桃花依旧笑春风。"

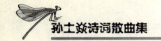

羁旅歌

梦醒忽惊万里身，布衣犹带帝都尘；
黄河夜度星波阔，蜀岭晨翻雾谷沉；
涉世懵怔为客早，登台怅望乱云深；
许为李杜行经地，浩叹今昔羁旅人。

暮秋吟

花落犹为来客舞，黄鹂去日忘情啼；
蓐收何处趋香露，惆怅芳菲度茨溪。

赏景思乡

树隙聆听叶底声，吸睛林壑窅然青；
蚤歌鸟语浑无趣，一片乡心梦不成。

樱花咏

绢花细丽媚娘如，摇曳粉头风日酥；
许是怀春骚客盼，故将俏脸照萍湖。

千山五佛顶眺望

一望雁飞天地长，云蒸霞蔚浴朝阳；
身披岚气连河岳，原扩州城压镇乡；
渤海豁眸千古渺，莲峰谐趣几崖芳；
如何佳景情难已，睥睨尘嚣绝顶狂。

春 情

（一）

绿遍山乡红遍城，莺啼杨柳费叮咛；

诗翁不是迎春客，白发萧萧对粉英。

（二）

雨街花木润扶疏，青草抽芽描画图；

才到一年春好处，满城柳色进园庐。

醉 酒

天桃月地弄花荫，诗酒生涯老病身；

星斗花间歌舞炫，屏山泼墨醉和春。

香港回归诗

（一）

歌如珠落语如弦，曼舞绮辉月夜翻。

晚会涤清割港辱，舞台融洽盛朝欢。

亿民沸巷鼓锣庆，万郡腾城喜浪掀。

宿老壮青宽慰笑，焰火浓艳绚华天。

（二）

香港九州皮肉连，英夷扼据望悲酸。

丧权辱祖贼慈禧，躬背屈膝清狗官。

涂炭生灵单宴乐，饿殍遍野只徭捐。

百年噩梦疮痍尽，揩泪欣歌庆典前！

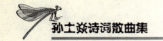

（三）

乐典歌吹夜未央，霓灯晕月炫霞光。

京都剧舞转红翠，宝岛演出弥紫黄。

戈壁太湖绸彩艳，芝罘五指锦旗扬。

回归赢取瀛寰敬，昼夜欢呼华夏狂！

（四）

深圳港台隔锦岸，百年烽火盼回归。

紫荆泪溅红花恚，龙岛血流楼宇悲。

祖辈挥戈军矗奋，党族举义战鼙催。

先驱今醻神州喜，国土返华扬世威！

（五）

邓老伟勋国两治，贸商都市宇寰新。

府衙政属炎黄氏，水陆师更解放军。

夹道港胞迎雀跃，盛装巨埠彩虹深。

银花火树疑白昼，处处欢呼聚似云。

（六）

嫘祖缫丝停碧落，妈姑欣倚贝珊宫。

阇梨寺庆闻钟磬，道教庙欢传鼓筝。

五岳呈祥鸣彩凤，九州昌盛舞狮龙。

港归庆典台前看，热泪与君湿袂同！

鹊桥仙
（王昭君）

琵琶如诉，关山似怒，朔漠紫台胡路。黄沙遮面钿钗垂，这鄙域膻乡怎度？

蛾眉蹙黛，秋波澄目，鲛帕泪珠啼透。留青冢苦魄凄绝，怨图画汉宫何处？

鹧鸪天
（蜀居）

油菜花黄黄半川，锦河竹镇古榕湾。鸳鸯交颈浮莲水，白鹭张翮飞碧天。

山北畔，岸南边，橘林深处柳宅烟。理篙耧麦乡谣唱，余曲回溪没翠峦。

南乡子

晴日逛莎堤，槿径香飘月季篱。满树樱桃馋翠雀，翁迷，啄罢烟峦一味啼。

脚踩野苔泥，嵇阮何妨伴李蹊。览尽芳菲铺蜀锦，闻鸡，老卖风流渡荧溪。

忆秦娥
（无题）

西风促，莲房花蒂滴香露。滴香露，请谁同醉，浪拍

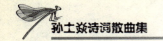

鸥鹭？

琴笛哀怨奏林浦，愁怀抛向兼葭渡。兼葭渡，夕阳又照，古今烟树！

蝶恋花

山道长茅伏叶穗，鹅步频挪，好鸟吟成对。蟋蟀弹琴花舞袂，彩云缭绕林峦醉。

亭樾蝴蝶催午睡，树下珍丛，青草铺香被。烦恼全抛翁哪累，女萝深处清岚汇。

昭君怨

（春）

墙底蓬芽绿嫩，墙顶桃花粉润。墙外客人痴，晚晖时。塘水芳春霞染，须发浴风煦暖。醉透老皮囊，满城香。

菩萨蛮

（清明祭大妹坟）

清明雨雪弥天地，路滑车挤人头密。扫墓意何为？青山带泪垂。

胞情织梦烈，梦醒追思切。墓柏痛心青，谁能启地宫？

贺新郎
（韩日世界杯有感）

铩羽樱花地，笼戚云，球迷腼对，冠豪初去。回首旌
翻征战烈，黑马骁师雄峙！世锦赛，百观提气。人海欢
雷全场沸。醉球星，寰宇叩神技。德巴战，鬼神泣！

馋韩日立群雄里。问当洲，惜沙特败，泪贻华粹。奔
月嫦娥嘲夸父，野蕨山肴砥砺！雄视美欧知甚日？宝剑
磨石呈鼎器。破锥出，莫负庶黎意！湖海水，望无际。

胡蝶儿
（千山行）

俏女仙，酷男神，瑶阶踏碎碧楼云。筝歌天阙闻。

摄影青松塔，忘形绿柳林。桃花寺院紫烟熏，香梨醉
客魂。

清平乐
（天安门广场国庆夜）

开怀歌舞，焰火倾天瀑。灯树银花旗彩促，华夜霓虹
笙鼓。

举国亿众狂欢，岭南疆北情酣。党绘锦程华夏，欢歌
欢庆扬帆。

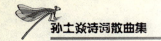

浣溪沙

鞋匠楼街吹玉笛，蝶依园蕊炫霞衣。春城杨柳使人迷。
逐韵芳心绮景醉，倚墙桃李带烟低。曲终树鸟蹴花啼。

浣溪沙

（公园）

彩榭笙歌闹锦园，湖游画舫柳拖烟。花遮情侣翠华轩。
衔草青禽离杪去，沾香蝶翅趁风翩。倩春能不客魂牵？

渔家傲

蹲看瓢虫灰菜耍，艾蒿支起螳螂架。娘子蜻蜓嫌婿
假，追逐罢，尢云𪑦雨花荫下。
草绺惊飞青翅蚂，榛丛探脑蝈声哑。野景山光蹚露
大，刺猬吓，秋藤深树牵衣褂。

浣溪沙

雨后斜阳一抹红，山披云锦晚来青。楼园林木郁葱葱。
蜂落蔷薇花露吮，蝶偎茉莉蕊香浓。老翁兴在牡丹丛。

浣溪沙

芍药高烧昏睡中，玉兰婵首画楼东。药栏酷暑热窝风。
晒爆黍田毒日恨，烤瘫水库老天疯，祝融梦想锁金笼。

渔家傲

雀闹禾尖丢曲串，山帮绿野堆诗卷，苇淀云帆织画面。天涯恬，难书翰墨莼鲈恋。

梦醒多回抬望眼，离怀常寄云中雁。岁月蹉跎今梦践。河如练，脚着故土泪如线。

钗头凤

（李白）

青莲曲，挟风雨，巨鹏掰海雄华宇。辞京路，伤心渡。朝蹲魑魅，帝姬筵舞，误！误！误！

宣城寓，香炉趣，释怀还陷浔阳狱。临终赋，谁垂顾？醉歌混世，晚谪凄苦，怒！怒！怒！

钗头凤

（杜甫）

荆棘院，焚尸殿，蔽天兵燹云峰叹。唐诗圣，跋秦磴。泪沾胸臆，恨国奸宠，痛！痛！痛！

黎民恬，新朝盼，洞庭荆蜀狼烟窜。身颠病，歌如磬。乾坤充眼，耒阳船空，梦！梦！梦！

采桑子

委阶花瓣不堪拣，狼藉残红，黛玉楼亭，花冢芳魂泣故踪。

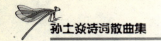

黄花满地梧桐雨，凋落寒英，清照窗庭，寡酒凄绝对暮灯。

钗头凤
（春日公园）

桃花水，萍湖嘴。柳堤娇卧青峦腿。胭脂瘦，林阴厚。病躯衰老，画栏香透。嗅！嗅！嗅！

莺歌脆，梨亭媚。锦丛红泡香兰泪。琴笛奏，春依旧。发白谁管？景妍如绣。诱！诱！诱！

卜算子
（社区组织老年秧歌庆党八十一岁生日）

花轿旱船摇，绢扇罗绡摆。老骥苍鸾舞秀坪，锣鼓音阶踩。

皱面粉妆爷，雪发簪花奶。党庆欢歌颂盛朝，蔗境红绸甩。

蝶恋花
（看电视剧《黑洞》）

触目惊心黑洞戏，猛兽洪涛，黑幕烟云闭。商宦溷浊官网密，走私博彩光天厉。

勘案破情关隘继，凶险重重，黑洞血腥地。怒发冲冠惩鬼蜮，谜团层雾侦查细。

浣溪沙

山雨松岚石缝流，转坡晴日野溪秋。客车绝壁探出头。

土路盘龙巴阆去，林峰聚会蜀云收。俯窗深涧骇双眸。

清平乐

连天翠翘，崖壁松岩抱。雾嶂汽车灯雨照，滑路崩石云罩。

下临万丈深渊，上浮千仞高巅。厂建滇川日促，慎行蜀道云端。

渔家傲

绿树连江叠蜀岫，山屯傍水花荫透。异域情怀滋味厚。鸭声漏，岸楼倒影明瓷釉。

细妹芳园红杏嗅，牛娃牵牡出竹厩。禾野碧合飞鸟凑，铺蜀绣，巴陵乡曲铭心诱。

摸鱼儿
（应荷花题）

涨琉璃，湖波归棹，仙葩琼蕊生弃。轩兰榭柳鬘深岸，偏又饱含情意。夕照晚，霞彩透层峦，染水天无际。鸳鸯骤起，竟回首荷陂，粉颐绿帔，似脉脉悲泣。

游船远，锦苑烟林久睇。蹉跎年月飞逝。芳踪重觅红颜老，青草半芜花地。山雾细，噙热泪，香魂何处成秋

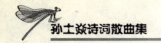

碧？肢残垢腻，默默也归程，情怀滋味，全不似昔日！

木兰花

秀旭海滩鸥鸷戏，崖顶茑萝苍绾碧。蹲蛎坝，探芹波，莫问返真濯浪意！

露草履湿知蟹趣，云岛凫空渤瀣寓。红尘廛市琐愁无，极目锦图凡绪去！

眼儿媚
（司马迁）

如椽大笔写春秋，狴犴硕儒休。谏遭刑腐，首蓬身垢，蒿目神州。

帝侯批摧陈吴❶赞，演绎识家丘。磅礴世纪，竹帛悲泪，千古歌讴。

菩萨蛮

天黄非雨沙尘暴，阴霾满眼浊空罩。斫树毁林谁？孽愆山野悲。

呛鼻灰粉密，燥土遮天日。马路莫停留，停留尘满头。

江城子

春桃带雨媚倾城。栋枝亭，柳丝坪。雨色花馨，绣景

---

❶陈吴，指陈涉和吴广。

诱人青。翡翠烟薄红粉泪，花卉巷、望暝暝。

销愁细雨透琴声。厦楼听，幕帘重。拨乱心弦，又绾蕙兰风。雨韵瑶琴芳草醉，谁共我、赉情浓？

菩萨蛮

敲檐夜雨鸣鼍鼓，睡夫梦呓风婆鲁。妻拧觉迷虫，甘霖春麦醒。

揪心田地旱，喜泪流床畔。风雨瑟琵声，夫妻贴脸听。

一剪梅

凉簟香衾敞玉肌。月探帘栊，花弄红衣。思郎檀口怪郎迟，恨意浓时，悔误佳期。

珠泪酥胸淌作溪。绣枕云歪，河汉星稀。接郎电话喜双眉，掩住悲啼："谁在悲啼？"

如梦令
（丁香）

又顾芬芳花树，玉蕊翠枝霞路。风沁院亭香，鸟唱蜂蝶曼舞。难诉，难诉，醉魄花间独处。

菩萨蛮

临风惬意松厓站，云岩千面烟溪靛。近树鹧鸪啼，藤萝樵路迷。忘情尘世外，幽谷风流卖。林莽野云深，栀

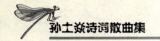
花狂嗅亲。

少年游
（老狮）

非洲旷野，茅葛茂密，繁衍兽禽乡。雄狮今老，狡猾
鬣狗，群咬腿瘸伤。

喜遇狮胞顽敌退，惊魄落躯腔。肉绽皮开遭胞戮，鹰
狗上，饱食光。

眼儿媚

母狮哺育弱羊羔，娇宠胜嫡生。豹狼豺狗，管窥蠡
测，百虑难名。

弱羔壮似牛犊大，狮送返妈羚。丛林嗟叹，归途噙
泪，回首苍穹。

疏　影

芳踪甚处？正熏风丽日，秋色将暮。戢影家园，病老
谁知，万千锦丛攀顾。情怀火热瀛寰撒，忍泪笑，芙蕖
犹簇。鼎盛世，可恨羸躯，骖马再难驰戍！

花落红衣满地。看莺穿柳带，湖洑鸳鸯。慷慨人生，
转瞬白头，荣辱岁华虚度。蹒跚阆苑学年少。登水榭，
歌依烟树。故态萌，望尽天涯，沉醉忘失归路。

鹧鸪天

野趣物情着眼舒，狗跟背草涉溪姑。拂头傍岸观音柳，护坂筛阳罗汉竹。

丹壑进，翠林出，身挨蜀卉玉一株。故乡千里云山外，且赏绮春醉画图。

踏莎行
（万县市观长江）

古郡重楼，雾峰崎岸，碧波无际倾天堑。盘龙喷雪下洲峡，洪涛卷起云崖燕。

鸥绕轮船，晓初屿甸，松岩浪撞云天溅。东坡赤壁月江吟，峦前抵我豪情半！

千秋岁
（看电视剧《天下粮仓》有感）

旱魃舞袂，赤野田畴萎。饕餮笑，华筵美，饿殍熏闽冀，气炸肝和肺。乾隆怒，皇困蚌蛙冤尸垒。

破案贤臣累，含月蝉梳泪。民瘼苦，观心碎。装穷贪宦隐，明镜沾泥毁。抚案叹，粉钗化作红烛水！

谒金门

花落处，堆粉弃红无数。愁损酥胸春色暮，娇躯依碧树。

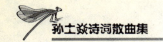

日晚敷霞当路，风软熏香庭户。望断天涯悲泪诉，怨花前世误。

天仙子

曦映楼窗禽唱瓦，蝶吭花房矜碧夏。衰颜烦病探窗瞧，花卉雅，城俗洽，花事鸟情成墨画。

性野身慵家坐傻，闹市晨空云锦挂。悦心乐事兴头抓，穿丝袜，着衣褂，柳巷徐行辞病榻。

卜算子

（观菊展）

苏绣满园叠，蜀锦花枝挂。美艳人寰香透栏，客醉藤萝架。

惆怅宓妃❶非，恍梦瑶姬❷下。朵朵多情翠叶中，切莫西风嫁。

夜游宫

（老象）

众象淤坑搞定。汝忍渴，辛挨苦等。夏暑蒸腾可怜卿，立骄阳，鳏寡影。

热煞族戚并。长鼻卷，残羹侥幸。猛觉邻牙封肉痛，

---

❶宓妃，宓妃后来被天帝封为洛神。
❷瑶姬，瑶姬仙子，玉帝的亲妹妹。

180

血溢流，硬撑出坑毙命。

临江仙

岁月掏空河岸柳，依然枝叶茏葱。咱们谁是老顽童？异骸霜雪干，同世沐春风。

曾受雷霆挟电炸，雨晴偃蹇云空。盼君能语道深情。树荫枯坐里，蹀躞晚霞中。

浣溪沙
（天鹅湖词）

曛彩红霞炫碧湖，霎波金簇万莲铺。霞天鹅影侣偎孤。

饿腹病身挨月夜，垃圾围堰涨汀芦。临暝悲泪落荒芜。

卜算子
（重庆嘉陵江）

雾锁大江横，岸陡波涛静。碧水崇峰拥锦渝，初日山城景。

灯海夜空溶，星斗江波拱。北客依栏醉不归，昼夜弦歌永。

鹊桥仙
（千山）

游无量观，瞻龙泉寺，步步琼花琪路。佛龛宝塔玉莲

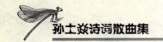

峰，是啸傲、畅怀佳处。

岩松霞蔚，庙楼锦簇，云涧溪桥横渡。征尘荣辱盟清时，正翠榭、危栏送目。

浣溪沙

梦里仙山云里游，危栏挂壁倚清秋。凌空飞峙翠崖楼。

野涧洗涤尘世累，林莺唱净万年愁。老翁随意卧芳丘。

摊破浣溪沙
（河北涿县怀古）

古郡京畿阜肆风，桃园何处虎龙盟？崛起群雄旗戟密，闹天庭。

三顾卧龙颠簸起，火烧赤壁鼎足成。匡汉陷吴兰谱灭，泣街亭。

水龙吟
（春日二一九公园）

活脱脱美人堆，桃腮杏脸柳腰软。绮春秀蕾，游园俏丽，映湖媚眼。俦侣花荫，媪翁松底，童孺莎岸。赏芳菲世界，身心陶醉。疲与累，诒莺燕。

玉砌兰风舒卷。更闻笛，情怀怡眷。湖船泛碧，楼亭围紫，云空染靛。华夏多欢，节暇歇憩，风流春苑。步石廊彩榭，子规声里，梦成华殿。

西江月
（耍猴）

师按猴头促戏，装聋猴拗佯呆。群噱师窘汝搔腮：捕我戚族何在？

湖海风餐露宿，滚泥瘪肚鞭挨。别猴鸡徼巧妆乖，独我孙爷气概！

小重山

岁月如河世纪歌。跻身枫岳顶，叹逝波。草峦木嶂覆云罗。长天揽，宦海几消磨？

雕隼万岩搏。苍林托晓旭，势磅礴。开胸疏怠拓龙国。得失忘，感慨古今多！

谒金门
（敬访老红军）

葫芦院，岳立戎年川汉。浴血征杀风雪灌，筑新天圣殿！

疤脸险，泽泥陷，踏遍云峰天堑！皤发灰装当世赞，英雄拂壁剑。

菩萨蛮

芳林邂逅佳人面，花丛蝶绕青丝蔓。琴曲画廊讴，人愁倚翠楼。怀春杨柳岸，顾影香梨院。宋玉此时心，湖

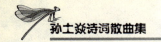
波映倩裙。

临江仙

美妇薄装擎旱伞，花红交映林亭。湖波无赖荡浮萍。依栏愁蓄雾，回首叹飞蓬。

潘岳情苗何处种？芳菲满苑难凭。蝶媒笑引绣芙蓉。凤仙珠泪落，似怨画屏中。

生查子

出墙红杏憨，挤垄青葱虎。锄灌豆茄畦，惊鸟飞杨浦。花繁草气怡，树广山屯古。妈唤犬遥回，娃应隔桑亩。

忆江南

（南京玄武湖公园）

游玄武，春雨苑湖晴。含露梅花杨柳衬，明湖画舫映楼亭。深树燕鹂鸣。

忆江南

（南京街市）

金陵忆，鸾侣翠楼敲。士女如云街厦逛，茜裙靓裤画坊迷。肩毂玉栏齐。

忆江南
（长江）

长江水，浩瀚卷乾坤。仁岸胸襟连宇阔，洞波极目碧瀛深。能不慑君魂！

渔家傲

海注川流连宇阔，岸合绿野林田沃。水洒襟怀风壮魄，征途拓，掀天海浪潮初落。

舰艇凌眸波谷过，离岩鸥鹜狂涛坐。昂首九州歌未彻。登蒿垛，宏图伟业风雷迫！

苏幕遮

碧江鸥，青嶂燕。细雨凭栏，仁望天涯畔。溪涨船樯泊断岸，万缕乡思，梦醒桃榔院。

筑高楼，尘汗面。蜀道崎岖，峰嶝接云汉。厂建工余云雁盼，苦累直膺，热泪梅笺溅。

渔家傲
（蜀晨）

绿野湿烟连乳雾，农楼紧傍竹林路。花袄村姑溪水渡，歌一曲，鹧鸪惊起梧桐树。

犬吠园田初日吐，岑披霞彩云中竖。水稻耕牛风景酷，花香馥，池塘松埭呱鹅鸯。

185

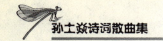
渔家傲

（回故乡路上）

果木鸣禽花尾翘，肥禾绿野乡峦抱。犬吠林园催泪掉。回乡道，细花露草足前绕。

荏苒光阴翁妪老，尘颜霜鬓村童笑。柳堡上空云戴帽。鸡鸭闹，槿篱枣院炊烟罩。

忆秦娥

春风怯，闺窗斜映梨花月。梨花月，伤怀雪色，褥衾愁彻。

腻歪酒宴板爷哕，死缠歌舞华厅夜。华厅夜，旋灯鼓乐，几晕楼榭。

鹧鸪天

（鲁迅）

桀纣当朝郡野怜，拽裾豪邸怒强权。镖枪愤刺蛇蝎地，匕首生投鬼狱关。

泼翰墨，撰鸿篇，蒋帮恨欲櫃芟先。为国荆路屠刀迈，洒血前驱铸舜天！

江城子

（焦裕禄）

简装补袜锦裀缺，旱荒瞥，碱沙叠，杖逆风窝，癯脸雪寮贴。摒难赈灾拼窭困，无昼夜，垄冈瘸。

肝癌疼按目明爝，铁青额，肿抽胁，湿汗浔浔，跋涉病躯跌！恸政至暝兰考泣，群仰望，累魂歔。

临 江 仙
（自况）

闲捧诗书依绣枕，隋珠和璧销魂。退休蔗境党恩深。谁能骀背老？荣辱付瑶琴。

陶令桃源庄叟梦，酒醅细品乾坤。还将稔岁语西邻。浩歌风雪路，笑傲翠华春！

鹧 鸪 天
（逆航长江感怀一）

苍漭神州浩览新，峡峰连碧赴西秦。沅湘遥吊三闾士，山野哪寻五柳村？

江岸眺，暮霾临，船舷激浪溅飞银。迎风赤壁苏词咏，声振崩波入昊云！

鹧 鸪 天
（逆航长江感怀二）

巨浪撕礁危岸倾，峡门石壁断霄青。凭舷神女云峰渺，隔雾楚王楼榭空！

航舸进，客魂惊，悬崖栈道挂如绳。巫峡滟滪通途甚，倒赏江鸥入翠屏！

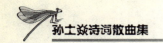

鹧鸪天

（逆航长江感怀三）

刘备托孤诸葛公，御床悔病相卿疼。山围白帝千秋泪，水绕瞿塘万壑情！

思古往，叹今兴，三峡朝旭映波红。顶风傲杜锦章赋，雪浪滔天赴蜀程！

鹧鸪天

（逆航长江感怀四）

日照嘉陵江雾黄，蓼汀鸥鹭戏春芳。峰回船驶黛青水，岸转竹哀翡翠塘。

恬蜀路，瞰川乡，携妻婚旅壮行昂。山城错彩云端隐，灯海添欢类楚狂！

鹧鸪天

（逆航长江感怀五）

百丈旋涡渤瀣深，荒崖岚雾卷石根。急湍乱泻鼍窟吼，飞瀑直倾龙穴吟。

江岸峙，碧波浑，沉浮谁主到如今？舳舻千里鸣笛过，淘尽英雄日月新！

一剪梅

醉卧园林兰桂香。蝶颤花房，蜂乱芹床，亭云初度翠葭塘。不是仙乡，哪是仙乡？

人老身衰不易狂。辜负时光，感叹沧桑。春描画景锦楼芳。白发刘郎，独步松廊。

暗　香
（应荷花题）

洛神初浴，怅陈王[1]感赋，梦缘难续。旷世芳容，魂化湖莲眹如许。款款深情映日，撑翠盖，饱尝风雨。更月夜、水佩霓裳，挂泪桂亭曲。

飘举，舞霞旭。叹浪蕊浮花，堕波离去。漫天思绪，心苦播香散萍渎。物欲横流怎处？望锦岸、客车麇聚。怯怯影，朝暮盼，守身如玉。

夜游宫
（逆航长江感怀词）

旅阅吴头楚尾。船楫外，万重碧水。陡岸云峰竖剑戟。水无际，山无际，家千里。

伫舷凝睇。暮霭晚，关河迢递。头顶征鸿唳峡日。抒壮志，纵天涯，无归意！

[1] 陈王，曹植。

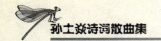
蝶恋花

（春日花园抒怀）

日照桃花香满岸。何处销愁？杨柳拂金殿。寂寞情怀欢意浅。楼台风软蜂蝶乱。

水碧山青芳草远。忘却归来，久伫蔷薇院。老朽时光嗟暗换。多情含泪春梨看。

蝶恋花

雨打梨花如粉面。杨柳州头，触目肝肠断。人坐愁城天不管，画楼瞥见双飞燕。

网络闪婚成梦幻。财馨楼空，还把冤家盼。坠泪拥衾都是怨。梨窝想在天涯畔。

渔家傲

百味人生尘世叹，时空屡演红楼院。酒色蚀空金玉殿。豪间看，官商正吻芙蓉面。

物欲横流华夏惦，烝黎怒气冲霄汉。鼎盛颓风甫泛滥。含泪劝，贪淫冒顶君躯烂！

蝶恋花

雪色日光晴相映。老朽遗怀，脚踏琼瑶境。揽尽长天千里兴，玉溪银堡贴山静。

风暖冰凌莹澈影。感叹人生，又过年时景。杖履频挪身首挺。云川雾壑桥头等。

渔家傲
（市郊纳凉）

麻雀滑头隔叶叫，傻瓜蚂蚱丛中跳。蜜侣蜻蜓塘苇抱。情景妙，纳凉老叟花枝靠。

逗趣蝴蝶扇翅俏，白云头顶盘成帽。堪慕严陵随世笑。清风绕，梦魂早上邯郸道。

蝶恋花

晴日丁香花树下，麻雀夫妻，双觅青稞蚂。陌上行翁思睡榻，美蝶歇在葡萄架。

桑柘来风吹裤褂，近处香浓，远处茄畦栅。近水远山都是画，草堤露浸棉丝袜。

浣溪沙

万树疯拥挤翠岩，鹧鸪声递透烟峦。翁随流水上云端。

林海涛接天外去，石崖壁削眼前眩。诗情直碰古人肩。

蝶恋花

老朽时光独自闷，贪恋花妍，常恐花期尽。雨后斜阳芳草衬，蒙蒙柳絮香成阵。

醉倚危楼霜鬓恨，望断天涯，寂寞凭谁问？美景招翁云壑进，青山绿水余年混。

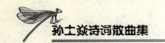

临江仙

细雨流光刷草绿，风湿怨望芳洲。未婚带肚四邻羞。
腮如花萼抖，泪雨顺脖流。

曾堕爱河盟海誓，如今信渺人丢。青郊肠断野荷秋。
伤心欢会地，岁月若为酬？

渔家傲

带雨蔷薇滴粉泪，红楼伫望铺天翠。双燕贴身扑柳
桂。云光碎，爽神妙境谁能绘？

身置蜀乡原有味，橘林半露川歌妹。坝上鹅鸭成舞
队。烦恼退，天涯忘却加班累。

菩萨蛮

人前喜鹊觅食飞，甲虫过路怒颜威。晓雨日初晴，林
花裹露红。

兰簇芳泽美，谷映清溪水。涉涧赶云头，青山响乱流。

浣溪沙

丫蛋湖旁照影羞，黄鹂绿柳敞歌喉。绮园无处不风流。
林寺连云峦底耸，春花环榭眼球勾。于君此外更何求？

渔家傲

老狗临街呆伫望，衰翁感世增惆怅。春暮梨花香蕊

放。晴雯荡，无端泪落青衫上。

万代豪杰空相向，红尘淹没绫罗帐。唱曲摩托楼巷浪。眯眼眶，谁开心锁烦愁忘？

渔家傲

呆滞行为如傻帽，弯腰驼背出街道。巴狗瞧着都想笑。装高傲，古今俯仰伤怀抱。

书卷堆床胡摆套，阆园酷爱花枝俏。哪懂权机绝妙窍。人低调，草根长在深山坳。

菩萨蛮

红楼乍见晴光现，院中喜坏钻天燕。茉莉粉腮滑，蜻蜓吻绿莎。

云遮芳草路，翁钓蒹葭渡。谁解此中情？青山促远程。

浣溪沙

探角蜗牛秋正肥，雪蛾破茧树林飞，松冈身染落霞归。

登顶岚围多够味，傍溪鱼跃悦夕晖，人生妙谛几时推？

南乡子

天际挂云龙，欲雨还晴骗病翁。浪摆芙蓉风骤起，鸣虫，踱过湖桥柳树丛。

林籁鸟声声，度尽山园第几程？雨下笛鸣协奏曲，情

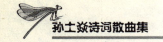

浓，踏韵和沙细雨中。

浣溪沙

明媚阳光抚睡莲，绿萝引路外衣牵。间关鸟语桦林传。

世事萦怀愁绪有，心融沟壑水云闲。何时霜鬓换红颜？

蝶恋花

天际阴云遮万户，何处堆愁？望断天涯路。旷野碧连辽沈树，城楼满目烟云矗。

雁渺音消茫四顾，思念佳人，美梦朝谁诉？峦脚双禽溪水渡，伤心眼泪腮边注。

南乡子

榛叶唱蝈蝈，四野交合爽肺歌。喜鹊闻知拍翅落，如何？林静声歇花瓣缩。

鹊去晃荆棵，蟋蟀石根笑眼窝。撤警唧声身后起，翁挪，亭午林歌响更多。

菩萨蛮

杨槐蔽路延今古，山连宇宙谁为主？云榭锁千愁，遮天楼外楼。

长河萦碧带，芳草夕阳外。高处莫凭栏，凭栏热泪弹。

南乡子

山嘴采蘑菇，榆楝撩拨布褂姑。爱犬兜圈邀主宠，糊涂，倩妹挨芫掉泪珠。

芫底破瓜初，似楝缠藤骨肉酥。昼夜相思哥哪里？音无，深树岚围响鹧鸪。

渔家傲

荷叶鸣蛙寻配偶，铅云压顶绮园走；彩榭回塘风摆柳。佳景诱，山巅谁在挥衣袖？

挨膀林槐摇翠首，扑鼻草气如甜酒；劲挺赢躯花卉嗅。阴雨凑，湿颊抹汗青衫扣。

虞美人

帘栊粉映合欢树，画栋檀郎顾。鹊桥搭建配鸳鸯，相会徐娘济楚步芸廊。

彩蝶翠沼双栖好，姜桂霜华早。光阴荏苒不饶人，莫待空堂白发怨瑶琴。

虞美人

黑头蚂蚁青头蚂，争上葫芦架。露珠跌落喇叭花，墟里炊烟升起绾轻纱。

晨曦鸡唤红霞吐，犬吠桑麻路。故乡辈辈储胸怀，身在天涯海角梦中来。

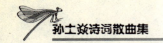
虞美人

北邙荒冢埋千古，岱岳云天矗。一帘春梦到白头，远眺朦胧醉眼伫高楼。

秦楼楚馆繁华在，红粉拥冠带。凭栏谁晓万年心？又是桃花流水载夕曛。

虞美人

风花雪月随时换，腿脚蜗牛慢。髫童转瞬变衰翁，可叹蓬莱仙境雾云中。

樱花千啭娇莺语，紫陌华灯去。醇醪妙理释愁怀，醉里丁香亭院粉蝶来。

西江月

林露琉璃碧瓦，身挨茉莉朱亭。塘波捣碎翠屏峰，惹得蛙鸣萍动。

笑捅螳螂胖肚，偷摸蚱蜢毛绒。久待闹市尾烟中，绿色身心受用。

蝶恋花

自古圣贤多寂寞，流水高山，祭墓摔琴破。千里马嘶伯乐过，诗成红豆文风堕。

陶潜东篱都谢客，玄怪通俗，花季迷书社。激愤老翁贴网络，甚时诗赋民床摞？

浣溪沙

（趣咏公园春景）

（一）

满地桃花铺锦衣，青青杨柳映湖堤。美唇笑语画廊迷。
含露春兰扬俏脸，浴霞紫燕落竹篱。莎堤疑到武陵溪。

（二）

桃李粉丝粘美眉，花丛爱侣吮芳菲。天桃香雨恼人飞。
带恨蝶媒梨榭去，销愁蜂使画楼归。良辰美景赏一回。

（三）

养眼花阁倚玉栏，柳梢燕度水中天。白云装扮翠屏山。
湖岸携郎神阙女，石桌博弈寿翁仙。笙歌长奏碧楼前。

（四）

红鲤吹花戏翠萍，湖轩美妇赏芙蓉。披肩秀发彩云轻。
比翼园林啼鸟意，合欢粉蕊恋蝶情。桃源仙境醉梨亭。

浣溪沙

（观春雨）

春雨如酥润绿洲，特烦燥土碧空游。粉樱带醉簇红楼。
隔叶榆钱风趣荡，倚墙杏蕊泪容羞。春风化雨写风流。

蝶恋花

雨后樱花湿润粉。闷坏衰翁，狂把芬芳吮。城厦春园
堆烂锦，花间自愧形骸蠢。

197

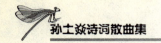

杨柳风和桃李韵。如雪香梨，脉脉情肠捆。草木年华
凋朽鬓，怆然老泪珍丛印。

蝶恋花

杨柳春风舒嫩叶。欲雨还晴，何处情怀泻？老迈羸躯
楼巷越，汽车尾气熏鼻烈。

玩狗翁婆闲日月。树下馋猫，呆看枝头雀。世事如云
桃李谢，余年梦寐何曾灭！

渔家傲

初夏和风吹裤褂，锦城车色连楼厦。朱户豪门描彩
画。云霞挂，花坛难觅桑田蚂。

万古英杰如去马，贪官污吏磐石压。愁绪早抛鸾凤
榻。掏绣帕，泪珠巧落黑鞋袜。

浣溪沙

过眼云烟万事空，谁将鹦鹉锁金笼？映湖坐赏翠屏峰。
带病身躯学紫燕，唱歌老嗓效黄莺。蝴蝶梦里寄余生。

鹧鸪天
（登营口楞严寺佛塔）

登上浮屠近碧天，莫非灵鹫落尘寰？莲台佛祖祥云
坐，宝殿禅联妙谛传。

清世欲，醉凭栏，花拥圣境万楼烟。繁华览尽沉思久，极乐何时有渡船？

醉花阴
（鞍山玉佛苑）

佛祖灵山弘妙法，玉腿仙凡跨。俗客赏群雕，赴会金刚，早已祥云驾。

观音玉面慈悲挂，慧眼观天下。玉庙玉交辉，绘栋雕梁，重彩天竺画。

鹧鸪天
（游营口楞严寺公园）

冬去春来两度缘，又逢花季逛斯园。楼围古寺芳香道，塔耸云天白玉栏。

湖水碧，粉桃妍，小园春色斗婵娟。假山曲径通石岸，客赏群雕到柳边。

醉花阴

林鸟频啼翁解闷，爱侣花阴吻。喜撒雪香槐，媚客玫瑰，哪禁园风沁。

青峦秀色芳林韵，又报花期信。陶潜醉菊篱，万古同心，翁爱依石困！

199

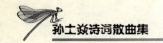

醉花阴

满地槐花白胜雪，翠雀叼花屑。风荡睡莲摇，妙趣欢情，客醉青岚岳。

蝴蝶劲舞蚕弹乐，重彩群芳列。天籁美谁知？莫踏红尘，梦断秦楼月！

醉花阴

粉润玫瑰林麓俏，翠绿交阴道。何处惹愁烦？世事烟消，贪赏云崖峭。

白发渔翁溪岸钓，远胜名姬抱。偷眼看人生，豪客达官，正在红尘闹！

采桑子

清晨照镜眉须老，弹指平生，回首苍穹，窗外凝眸疑梦中。

山川依旧东流海，莫露戚容，笑语园亭，朽骨衰颜山路行。

采桑子

蜜蜂采蜜红英树。鱼戏湖莲，翁醉青峦，草木花香沁肺肝。

诗掺晨露依石咏，松鼠停餐，野鸟调弦，无奈情多老泪弹。

点绛唇

细数藤花，女贞牵袖扬芳首。翠禽扑柳，谁挡烟花诱？

湖映明眸，画景如苏绣。携美酒，醉眠云岫，冷眼乾坤瞅。

点绛唇

燕尾蝶随，翠冈眺望城郭阔。犬牙石卧，林海迷魂魄。

风叶舒心，老朽蜗牛惰。松针落，紫芫陪坐，麻雀听诗课。

点绛唇

月季堆绢，娇容羞日尘寰艳。客心烦乱，尽是长亭怨，花比伊人，含泪朱栏颤。天不管，月前湖畔，望断南飞雁。

木兰花

谢娘笑靥湘裙翠，每过花篱心境美。恍如宋玉梦高唐，多是桃源临洞嘴。

夕阳脸露绯云尾，曲曲屏山环碧水。良辰画景与谁言？佳丽长拴骚客腿。

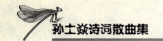
木兰花

　　树梢麻雀朝翁吵，叶底螳螂张猎爪。花溪绿野乐逍遥，月貌花容贻阔佬。

　　山间暂憩挨芳草，城厦高接天日表。佳辰盛世哪还愁，笑煞谪仙忧患老。

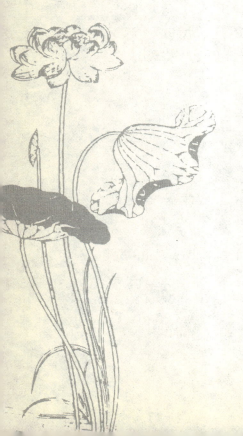

〔双调〕沉醉东风

老茄种、流连树草；病秧子、趣满莲桥。楼园常乐笛，林籁合欢鸟，醉芳秋、俗世愁消。履历沧桑雪鬓挠，瞧湖影、身溶翠崞！

〔黄钟〕人月圆

观音花放群芳簇，罗汉翠竹屋。园堆娟绣，道张锦幄，帘坠流苏。白头翁媪，自娱晚景，篱畔耘锄。愣神溪侧，蜂蝶笑我，感叹何如？

〔黄钟〕人月圆

老妻损我螳螂样，装横❶不搭腔。挺身成鹤，趱足回望，妻笑："变蟑螂！"月圆花好，夏消溽暑，街逛老鸳鸯。百年欢会，厮磨耳鬓，最是情长。

〔黄钟〕贺胜朝

云雾楼，露花秋，思蜀州。崇嶂插天夹碧流，狼牙峰浮峭壁钩。竹峦嘴、妹耘畴；雨岑足、哥驾舟。

---

❶ 装横，不搭腔，"横"字有两种读音，这里是横[hèng]读音，凶暴，不讲理。装横，假装的凶暴，不讲理。

205

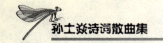
〔黄钟〕贺胜朝

盘古天，汇云川，叠雾山。蜀道凌空绝壁悬，汽车出崖峻岭拦。车窗侧，岳驮岩；眼睫前，渊套潭。

〔越调〕天净沙

稔秋雨雪飘泼，密霾喷墨云窝，广厦银遮玉裹。纵情寥廓，人狂雪海疯魔。

〔正宫〕叨叨令

（赠大哥）

奔丧考妣湘江渡，戚云万缕关山路，辽城满眼乡闾树，尘颜霜鬓夕阳暮。相聚又远了也么哥，又远了也么哥，天涯回首人何处？

〔正宫〕塞鸿秋

（七夕）

碧沉沉牛女银河夜，光莹莹桂殿华蟾月，霞叠叠龙凤黄金阙，泪涟涟缥缈瑶池乐。鹊桥酸楚觑，肝胆歔欷裂，更激荡万古情怀热！

〔正宫〕醉太平

（包公）

威仪锐辞，铁面无私，青天包拯镇衙司，奸邪畏葸。

判万千命案枉刑听恤冤民事，诛万千贼子乱臣剔掉咽喉刺，梗几多权贵皇亲不改庙堂思。忠贞到死！

〔双调〕折桂令

（狄仁杰）

宏谟神探国桢。觑武府峥嵘、凤阙幽深。血案迷天，邪焰匝地，疑窦纷纭。怎任封豕长蛇嘘蹦，怎容浊宦酷吏屠民？气贯商参，身履凶津；砥柱中流，抉难乾坤。

〔南吕〕四块玉

（拒媒）

宠物猫，撩骚狗，绣枕花儿镴枪头。癞蛤蟆想咬天鹅肉。提甚亲，羞不羞？娘信诌？

〔南吕〕四块玉

（斥夫）

呆木堆，乌鸦嘴，蔫狗馋猫懒乌龟。嫁男都图个家庭美。满地金，扒灶灰，糊弄谁？

〔正宫〕醉太平

（雪）

肥乎乎压塌老天，密麻麻跌落辽原，慌的俺走街串巷踏暄棉，捧在手心啊亮晶晶的娇嫩那个软。莫非是七仙

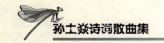
女在瑶池为爱侣挥洒的梨花瓣？莫非是孙悟空闹天宫舞神棒踩碎的白云片？莫非是林姑娘离恨天想宝玉剪碎的泪湿绢？傻傻的登高望远。

〔中吕〕红绣鞋

（大连海滨公园望海）

巨浪拍天无际，长风扇海迷离。画栏危岸伫羸躯。浮生鸥鹭付，怀抱怒潮激。恨能鲸背骑！

〔正宫〕醉太平

红楼丽影，璧月星空，销魂镂骨桂花亭，拥怀看景。华胥国惊醒鸳鸯梦，天台山难觅桃源洞，楚襄王眺望碧巫峰。相思泪涌！

〔中吕〕山坡羊

疾耽纰药，蹬衾咆哮，豚徒恨欲当庭铐。富妻曹，害黎胞，良心喂狗唯浊壳。父母生君教做禽兽否？人，积善好；贼，牢殡早。

〔越调〕小桃红

（乡情童趣）

（一）

苔滑沙细淀波匀，绿野啼鴂韵。密黍连云岸石钝。枕山根，蚂虫乱唶粘花鬈。沁香树深，牛羊声近，谁不故乡亲？

（二）

浕浕淀水映蒿皋，百亩青萍罩。逮蟹惊凫遁林坳。岸妮招，蹚淤破碧鱼蛙跳。岸披绿袍，云排雪帽，歌在画中飘。

〔仙吕〕太常引

老来体像豆腐渣，飞雪过冰磏。老脸冷嗒嗒，咋管住这情枷欲闸？云遮雪月，风回柳旭，美景叹韶华。狗病又龇牙。气坏俺直拍腚瓜。

〔越调〕小桃红
（又童趣）

（一）

艳阳沃壤湛蓝天，云雀抛歌串。苦菜蹓畔妹筐赚。岫含烟，芳洲望断春归燕。山蝶趣旋，野花初绽，醉透故乡原。

（二）

姥家杨柳傍清溪，沙软鱼虾戏。扑藻鳞藏逗猫觅。笑柴篱，菜花香沁桑麻日。草屋翠围，鹧鸪声递，枣院野烟齐。

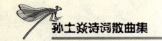

〔双调〕殿前欢

逛桃园，桃花香馥压枝浛。粉红桃脸妍芦岸。郎抱仙媛，爱双蝶玉蕊粘。缱绻春情恋，嫩葶随风颤。疑桃园天上，天上桃园。

〔双调〕殿前欢

（鞍山摩天岭）

岭摩天，苍松雾绕聚层峦。驱车筑路临深涧。鹰隼盘旋，傍云崖摞巨岩。捏汗泥石碾，洪响心都颤。塔吊拨日，履带抟岚。

〔双调〕殿前欢

（摩天岭修车返城途中）

慕归鸦，园林烟堡日夕佳。崇山峻岭云霞挂。暮霭无涯，渐灯多亮万家。盼望钢城厦，夜幕天穹压.再山区回首，错落灯华。

〔商调〕梧叶儿

（中国共产党员）

高烧膺挺，剧痛咬牙，吊完昏死未松闸。急救头儿盼，妻孥泪盈颊，战友肺如扎。谵语闻："钢厂房梁吊稳它！"

〔双调〕卖花声
（蜀居观农）

碧河鱼蟹顽莲藻，乳雾箐林豕犬淘。木楼蕉院露石桥。昕霞耘稻，斜阳归棹，种庄稼又渔家傲。

〔越调〕小桃红

古杨地畔叫乌鸦，曙日棉田画。罨垄花穧翠华夏，汗颓妈，耪荄打杈惊飞蚂。棉荫睡娃，山霞西挂，林壑覆云纱。

〔双调〕清江引
（蜀居）

（一）

苔波雨晴鸳鹭浮，垂钓芦菱渡。绮春香麦风，秀日鸣禽树。遍野李桃蝶醉舞。

（二）

山围稻田白鹭起，蒯水鸬鹚戏。萍丛摇桂舟，镜照秋川碧。桨移翠溪仙境里。

〔双调〕清江引
（蜀）

雾嶂套山连翠莽，嶂外鬐簪状。羊肠云路盘，锦缎河

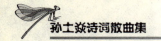

波漾。林籁骇人霄汉响。

〔双调〕清江引
（新婚别）

鸳情蜜宵欢日浅，乍送椰林甸。"爹娘全在咱，队旅甩家惦。"泪流似潮郎去远。

〔双调〕清江引
（二○○四年春节前清欠民工工资感赋）

娇妻电传回笑首，泪落香颊瘦。乡山望眼穿，党救腰包厚。列车骤驰哥醉酒。

〔仙吕〕一半儿
（夫妻情）

玉肌凤榻粉腮春，雨腻莺声飞绛唇。目注檀郎挪鬓云："莫花心"，一半儿娇笑一半儿嗔。

〔仙吕〕一半儿
（花园）

倩裙革履衬繁花，客踏杨堤细覆沙，湖晃琉璃贴燕滑。揽春华，一半儿笙歌一半儿耍。

〔商调〕梧叶儿

京郊夜，蛩语扉，闲梦故乡归。金秋月，露坠衣，泪拥垂。这滋味醒来能诉谁？

〔中吕〕红绣鞋

（海岸伫望）

渤澥天接蓝水，烟埼山画娥眉。白鸥夕照浴霞飞。暮霭供望眼，愁散翠屏隈。缥缈处船樯燕翅归。

〔南吕〕首牌·一枝花

夜深儿睡熟，杖落心撕碎；替银花报仇，让孽障焚灰。养育为谁？满脸鳏夫泪，临坟孤棒槌。姐俩供高校成才；岁月拼损腰病腿！

次牌〔梁州第七〕京你住丫头去美；晚伴商眨眼缩眉。亲情钱腐玻璃脆。疾缠脏腑，爹望窗帏；节候圆月，假盼夕晖。狗流浪遇老来悲，目相觑感命相摧。饼干喂瘦骨伶仃，尾巴摆抬头紧随；翌晨瞧门槛偎堆。领回领回，俩都苦命怜成伴，刷洗不嫌累。花狗白脖污垢没，暂暖心扉。

次牌〔隔尾〕你出差到沪银花悴，对主胡觉狗奋威。姐俩都邀住无味。病堆，自陪，半路撒手的老伴啊今迎断肠鬼！

次牌〔骂玉郎〕想银花惨死难成寐。那次心梗犯倒如

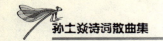

碑。势危手指屋床柜，好伙伴，叼药至，得塞胃。

带〔感皇恩〕永难忘重症息微，夜雨帘垂。俺花激，窗撞嚎，咬钩推。风雨出楼觅路，友到急救魂归。看俺花儿，欢耸耳，傍身偎。

带〔采茶歌〕亲家催，你家催，贺孙儿生日伴跟随。带狗进屋你频斗嘴，气的俺意冷心灰。

〔尾声〕隔天返沪闷头睡，脑胀胸憋痛骨椎。话机拨，京路悔；住病房，遭洋罪。友代电告，你来烧退。冤家道窄，见你狗吠。丧心病狂，背我狗勒。养你啊人前感羞愧。俺伴没，似炸雷，炸得俺星月无光病躯毁！

〔正宫〕九转货郎儿

一转〔货郎儿〕煲电话粥情感饭，旅馆中秋明月晚，相思泪淌粉腮边。爹妈问，老公谈，脉脉情思云路远。

二转〔货郎儿〕手机发烫聊跑电，开电脑还睁困眼。老公在线喜杀咱。名化山石QQ添。问："佳节午夜咋没眠？"答："老婆出差想念！"满意回答盈笑脸。

三转〔货郎儿〕问："再续鸾缘杨柳苑？"答："不恋商街香蛋卷！""姻缘错过美婵娟？"夫恼怒，再不搭言。汉字忙敲："也是想念父母男友愁积胃脘。""子不孝难养椿萱。"彼发叹惋。俺奇怪从结识自道孤儿啥事瞒？

四转〔货郎儿〕说："当陌生人诉说苦怨。"答："那是山村霜月晚，瞎女携翁流浪病门前。迎屋烧饭，寻医爬涧，爹瘫拄杖石磕绊。姥死埋山，娘嫁随缘，瘫瞎度日柴茅院。天降残疾难种田。挣，活路艰。搓谷帮工皮破血泡翻。"

五转〔货郎儿〕我上学单吃炒蛋，妈背解馋空壳舔，仨鸡剩蛋换零钱。搂妈哭让吃，两个俱说咸，爸妈筷头咸菜捡。我挨欺，妈爸撵："瘸瞎家偏有好儿男，品貌雷州县！"土豹子荣登学府金殿，镇官们褒奖校费钱款；风光兜尽陋屋檐。临别登路，涕泗涟涟，爹嘱咐："找媳妇就说'孤儿乡道捡！'"

六转〔货郎儿〕我反驳娘抹泪苦叹："你忘啦课堂师生挤对咱，在外称叔婶在身边。"大学毕业国营干，带女友回家，人晚饭没吃，竟逃奔离山。追问缘由，答："难凑一天，生孩基因有缺陷！"气得我骂她浑蛋！返屋慈母哭，对饭严父劝："好孝顺儿啊，你要为祖宗接续香烟，接续香烟！"后结婚，家境瞒，娇妻铭心恋。可内心苦时时煎熬似黄连。

七转〔货郎儿〕怪不得婚礼宴席妈起看："咋有要饭身杂坐间？"压低头倚杖老局蜷。豪厅布褂尝华馔。俺问新郎官，他捧花慌丢脚下砖。嗫嚅和妈辩："结婚大事远房叔婶充亲眷。"很靠谱敬酒时瞎婆旁瘸翁盯看俺。

八转〔货郎儿〕圪垯路蒿坡苇甸，盘蛇岭松石藻湍。腹饥日晒水喝完，四围山套山，套山。荆棘扎足血泡粘。退堂鼓擂得冲霄汉："玉兰憨也么哥，玉兰憨也么哥。"累瘫。来前经理赠嘉言，老公临屏幽怨，幽怨，春节他偷眼泪弹，一股脑儿心田淀。咬牙攀也么哥，咬牙

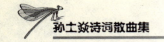
攀也么哥，鞋垫芦花爬巨岩。

九转〔货郎儿〕村长领霞铺枣院，公婆在粮收日晚。爹瞧慌赶破门前："你、你来啦咋到这旮沿？"娘急问："谁到这弯边？""是媳妇她、她跋山冒险！"娘摸索方向惊慌躯颤。俺搀扶倒身跪言，人痛楚泪眼含酸："是来接二老下深山，回家伺候晚年。"搓完手抱住俺娘眼枯泪水穿珠串，干咳嗓哆嗦嘴爹腿瘸热泪连银线；老村长夸出音村邻传赞语满园田。走时鞭炮声声鸣翠峦。

〔越调〕首牌·斗鹌鹑

垂暮惜花，皤头爱草。歌象啼枭，笑如老猫。湖鉴明眸，山迷绿腰。人生戏、演蹩脚。回首人寰，尽掀浪涛！

次牌〔紫花儿序〕倩谁同调？钱网逃鱼，宦海浮瓢。楼轩偃蹇，朽骨难抛。糟糕，到老孤丢性更孬。松竹常啸。时烦闷翻箱，泪洒旧征袍！

次牌〔金蕉叶〕莫道衰翁笨鸟，多少猴精瓦销，金垛曾跌阔佬，象榻高悬色刀。

次牌〔调笑令〕踏桥，乐逍遥，月映香兰沁露娇。星河万里倾怀抱，夜馨舞姿蛮妙。别骂俺疯魔作妖，实则喜在眉梢。

〔收尾〕快哉《荣辱》中时窍，铁扫帚沿街劲扫。扫却臭垃圾，鹏程醉翁倒。

〔南吕〕首牌·一枝花

画亭坐帅呆，树鸟应甬赖。洒脱那风花调腔，抖擞这雪月情怀。蝶伴邀来，愿蜜蜂摊派，迷芳兰笑歪。翡翠窝、屏蔽红尘，玛瑙堆、暂离欲海！

次牌〔梁州第七〕阳光蹦、是水晶女孩，柳堤行、真华夏桢材。绮园盛世人豪迈。尽情得瑟，乌鹊偏乖；恣欢放马，花卉都开。那边厢、杏脸桃腮；这旮旯、水榭楼台。最销魂、九曲山屏；堪醉魄、千环翠柏；旷咱心、半片蓬莱。悠哉，快哉，任凭霜鬓爬额面，身化啸风怪。莫道人生瓶颈多，愁甩苍苔！

次牌〔骂玉郎〕虚名蝇利良知卖，心头戟、密麻排。自扎造孽烟云寨，龌龊老、荒野埋，名声败！

带〔感皇恩〕丑恶别挨，酒色君裁。聚神州，挖五岳，美德栽！龙腾碧宇，翁放形骸。乐夕阳，迎晓旭，娱清宅。

带〔采茶歌〕壑云白，李梨白，兀那湖山勾衬鹭飞白。好景无需钞票买，老天供养的画书斋！

〔煞〕石廊怕欠酴醾债，玉砌谁剥巢鹊槐？庙门细览紫金牌。曲径通幽，草棵足挪窄窄，雀叫丹梅拐。靓妇樱苞带露摘，树颤枝哀！

〔尾声〕杖藜敲路龙钟态，疾病缠身逐日衰。古今思，繁华慨；岳盘鬓，河萦带。掩泪韶光恨能拽。汗汁揩，野心揣，瞧攀顶躬腰象鸭踩！

237

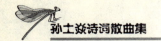
〔中吕〕首牌·粉蝶儿

这是一个女子在楼下车库遇劫匪与之巧妙周旋斗争，恰巧赶上汶川特大地震所展开的惊心动魄的故事。劫匪是个良心未泯、为其父医治重病急需用钱，被人利用的青年。在被埋的废墟里，俩人面临生与死考验、和自然灾害抗争，在心灵深处迸发出强烈的'真、善、美'火花，是一曲震撼人心的至诚至爱人性颂歌。

女店主回家，车库停、匪刀脖架，"影视镜头、咋演这旮旯？"猛醒腔，惊转颈，汗湿衣褂："眼看遭杀，怎摆脱那恶神凶煞？"

次牌〔醉春风〕强笑递钱话匣拉："姐三千块给兄弟你瞧真是假？"匪接示意取存折。"要银行卡？要银行卡？"颤抖掏出，送劫匪手，"这是密码姐决不告发兄弟你把刀拿下！"

次牌〔迎仙客〕颤嘴丫，匪没答。"姐杀罪背逃到哪？你爹娘，不要啦？!"匪哆嗦手搭茬："是仇家杀你出高价。"

次牌〔红绣鞋〕酒店谁玩八卦？罪魁锁定胡麻。赌博输经营惨败却恨邻店发。雇凶真禽兽，溺水喂鱼虾。我的妈人该活受剐！

次牌〔十二月〕"兄弟是头回干吧？姐的钱放心化。这可死罪人别犯傻，还有啥困难要姐帮吗？"话音落匪要入厕掏绳捆扎，匪去郑姐眼泪吧嗒。

次牌〔尧民歌〕瞬间摇地陷天塌，楼倒墙堆冒烟砸。

汶川强震撼云崖，震里梁坍匪摸爬。砖夹，砖夹息微"肉票"压。挪砖松绑贴耳闻声大。

次牌〔耍孩儿〕砖灰余震唰唰下，匪握柔胰满把。巨灾患难鬼门趴。废墟落壁埋渣。身挨手握芳心荡，男汉鼻息扑脸颊。娇羞挂，死生相觑，猛撞情闸。

次牌〔上小楼〕"兄弟你姓名叫啥？咋干这行当听着害怕？""弟叫袁平，家住县镇北李家洼。父病重炕头趴。丧良心，图重金，让姐着惊吓。差丁点罪恶深渊跨！"

〔幺篇换头〕女叹息，妙目眨。壁隙夹瘫，死地亏他，思绪交加。拼青春，商海挠，大龄没嫁。拒婚姻还招致胡麻骂！

次牌〔耍孩儿〕腹饥嗓渴头发炸，盼救心急赛马。快虚脱眼冒金星，死神舞爪张牙。昏晕难友人中掐："紧要关头莫睡吵！"睁睛诧，跟着身挺，手送男抓。

〔幺篇〕"打工被骗今春夏，路遇人堆暴打，解围仗义救胡麻。""姐如同独脚塘鸭，父母亡争厄运拼时日，是外表风光苦命丫。"勤谈话，对决鬼蜮，渴望朝霞。

〔煞尾〕时间凝滞思床榻，幻梦餐余品绿茶。警醒猛想起车中有罐茶，忙唤迷糊难友查，剩罐底砸得烂皱巴。姐让弟青唇假吮哑；弟让姐红舌故意呷。一个是旷野干泥绝地虾；一个是山涧枯沟挣命蛙。抖动着手抖动着手趁姐昏迷倒下它。女店主终被搭救抬出梁壁夹，那难友永远永远天堂云路扎。出院直扑难友家，老两口流泪疼儿眼要瞎。女店主跪倒哭着喊爸妈："送走袁平还有你闺女郑贤雅！"

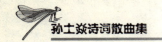

〔商调〕首牌·黄莺儿

　　主人公是个纯真善良的小姑娘。父母双亡，寄住在叔婶家中。身罹重病，为给表哥送伞，使病情加重。住院期间，割掉很大肺叶。医生告诉家属，此女只能存活五年。表哥深感内疚，在念大学空暇时，打工给表妹买台电脑，寄回家。她听表哥的话，家中病榻上，要利用电脑愉快地度过生命余年。她在网络里关心一个创业青年，继而演绎一个凄楚动人的故事。

　　"求雨，求雨，慢些儿下，大哥哥急需雨具。"

　　雨劈头、盖脸浇她，喃喃自语。

　　〔幺篇〕柳峪，杨渠。云弥镇路，风嚎乐曲。口鼻淌血、伞犹高举，伞犹高举！

　　次牌〔踏莎行〕见到哥哥，头胸痛剧。脸黄如蜡，颤抖娇躯。转院蓉城，哥惊脸绿："好妹妹呀肚肠悔青心如锯，要啥雨具半扇肺切除该下阿鼻狱！"

　　次牌〔盖天旗〕想表妹父母双亡如柳絮，花季身残五年活期去，旧病该知，要啥雨具要啥雨具硬逼临鬼蜮！做哥哥，阴罪巨。看妹术后苍容，嘴巴猛抽归洫。

　　次牌〔应天长〕大学课余，赚钱补愚。寄台电脑回家，让妹活期找趣。泪眼盈盈依榻女，听哥话抛愁绪，对网友倾心曲，妙语连珠播春煦。

　　次牌〔垂丝钓〕"雪花"录歌伤羁旅，陪笑陪哭勉勖。盼、美梦成空，百样关怀迥碧宇。深感念知音，苦练迎朝旭。

〔尾声〕美梦录歌成，梦想红颜遇。网络断佳音，寻址青山寓。辗转到冈坟，哀疼祭花雨。